U0074457

伊莉莎白·阿桂的
956咖啡客棧

張小莓 著

推薦序

黃以功　導演

我是閱讀性不高的人，除了工作上讀劇本尋故事外，少有多元性的閱讀。有緣在海外LA認識作者 Melody（張小莓），她很有個性及自己的看法，更有文采！年初她將作品《伊麗莎白・阿桂的956咖啡客棧》讓我看看，從第一情節開始看著看著一直到第101情節，吸引我的是有點像讀章回小說，情節一展開，如衝浪般隨之而下讀完全篇。

總之情愛是貫穿整個小說的元素，阿桂、吳振東、Makoto三人情愫交流著，作者對情的詮釋不俗，有點情到深處「藏」怨尤的感覺。

Melody 對環境、情境和心境的描寫，十分吸引人，主要角色的背景有些神秘；以咖啡為題融入現代感與東西文化的氛圍很有創意；她把「咖啡」用在人生的情感上真是巧妙，個中滋味在心頭，須要自己調。

相信這篇小說的出版就如香醇的咖啡，溫暖人心。來「伊麗莎白・阿桂的956咖啡客棧」喝一杯人生至美的咖啡吧！

─序文作者簡介─

黃以功，台灣著名導演，執導無數國台語電視劇，其中還包括郭小莊國劇《王魁負桂英》、楊麗花歌仔戲《巡按與大盜》……等。其中《秋水長天》電視劇，曾榮獲頒金鐘獎最佳導演獎等五大獎項。執導過白先勇舞台劇作《遊園驚夢》，造成各界轟動。曾為張曉風劇場「基督教藝術團契」擔任導演，執導劇作包括《武陵人》、《嚴子與妻》……等。

推薦序

曾成德　教授

讀著伊莉莎白・阿桂彷彿就見到 Melody（張小莓）。Melody 是美女也是「伉咖（台語：k'iaŋL-k'a）」，也就是中文漢字裡所謂的才女，集真性情、善良、美麗、堅強、聰明、才氣於一身；既理性又感性，不僅性感更是勇敢。Melody 出手所寫的這部小說也如同其人，充滿了這些特質。

這部小說初讀之下看似平鋪直敘，實則場景時序交錯，人物刻畫鮮明。表面上小說書寫角度以直截了當的第三人稱敘述進行，但是伊莉莎白・阿桂有時叫伊莉莎白，有時只是阿桂，而白玫桂、小玫等等也都是她。細細閱讀，就能夠感受到作者描繪的角度與情感的依歸也隨著主人翁名字所扮演的角色而有所不同。由此可見 Melody 情感的豐富與才情的細膩。

小說的節奏非常快速，極具視覺性。101 個篇章恍若電影分鏡圖的不同場景，由導演／作者編織串連在一起。不僅如此，文字與內容挾帶多樣的咖啡美食品味，更傳遞豐沛的撲鼻香氣；是部充滿五感六覺的小說。

既然提到了感官，就不得不點到小說的主題：愛。話說我有個寫小說的建築師好友曾說他太太（另一個建築師）曾經告訴他說：「一定要很多愛情。」而他的另一個好友（另一個建築家）則叮嚀：「一定要有很多性愛。」Melody 在小說裡注入許多的愛情，而男女繾綣則只可意會，且不越矩，極美。

Melody 的文字最令人感動之處可能是對她而言，「愛」是大愛。也就是說，小說雖以男女之愛為主軸，但也涵蓋了親子之愛。此外，愛不僅是包涵、寬恕，更是人生的救贖。在 Melody 筆下，書中一位男主角在面對年輕時錯過的愛有所自忖：「她早已經活在我的生命裡；獲得，不一定比失去幸福。」而在故事這個階段的結尾，女主角則領悟：「我釋懷了對我親生父母親的怨懟，是你拯救了我生命中一直存在的不被愛的不堪……我們的深愛一直存在……存在內心最深處，原來這就是我生命的真相……」

這是一個頌詠「人生無畏」的故事，也是一部吟唱「人間有愛」的小說。Melody 書寫了「愛」的每個面向的各種可能；不同的愛，但都是滿滿的愛……它提醒我們：在始終不能完美的世界裡、在永遠有著遺憾的生命中，我們還是要擁抱滿滿、滿滿的愛。人生到處有愛，世界無一不美。

這篇序文接近書成之際，正逢台灣社會熱烈討論「Run, not walk, but be prepared to stumble」這句話隱含的「脅迫／鼓舞」的兩面性。一邊聽著雙方論點，一邊讀著這本小說，我不禁有所感：人生苦短，或快或慢，處處風景。我也知道這說法不免被譏為陳腔濫調，但是我從書裡悟出一個真理：心中有著滿滿得愛的人不怕跌倒。

如此地討論這本書也容易使人誤解這是部言情小說。事實卻遠非如此。Melody 以八萬三千多字與101個篇章創造了一部非常難歸類的小說，它是諜報故事也是咖啡美食饕餮指南，還設局讓讀者扮演偵探。如果這部小說的最後一句是個問句，那麼「咖啡客棧」（開西合東的矛盾修飾語oxymoron，讓我學著小說中的中英夾雜）為什麼取名為956，就等著讀者們去發現。

讀者們一定會發現的是Melody在《伊莉莎白・阿桂的956咖啡客棧》裡最力透紙背之處是女主角與男主角們無論在生命的何種際遇裡都對Asa傾注了滿滿的親子之愛，我因此想起心愛的一首歌：

Before you cross the street, take my hand. Life is what happens to you while you're busy making other plans.

是的，就是約翰・藍儂（John Lennon）這首《美麗的孩子（親親吾兒）》（Beautiful Boy (Darling Boy)）。

－序文作者簡介－

曾成德，國立陽明交通大學終身講座教授。

推薦序

Nobuaki Michihata, M.D., MPH, Ph.D.

這是張小莓的首部長篇作品。這部小說的誕生在文藝界無疑是一個非常精彩的瞬間。我對這本值得紀念的長篇小說感到由衷的高興，並祝賀她在文壇的躍進。

本作是巧妙地描繪人類愛情的複雜和美麗的傑作。主人公阿桂的故事成為深刻理解自己和他人聯繫的絕妙指南。這部作品如何影響讀者各自的人生，可以說是讀後的樂趣。

超越地區界限的廣闊舞臺設定也是這部作品的魅力之一。美國、歐洲、臺灣、日本和全世界的多個地方都出現在故事中。在擁有多種背景的人物聚集的世界裡，張小莓筆下所描繪的普遍的主題和深厚的感情，將會引起任何文化圈讀者的共鳴。

拿起這本書可以讓讀者從新的視角洞察，重新認識人類心靈的美麗和複雜。這部作品邀請我們一起踏上探索普遍真理和人類之愛的冒險之旅。而這次冒險將成為更深刻、更豐富生活的里程碑。

張小莓による初めての長編作品である。この小説の誕生は、文芸界において、紛れもなく素晴らしい瞬間と言えるでしょう。私は、この記念すべき出版に心から喜びを感じ、彼女の躍進を快く祝いたい。

本作は、人間の愛の複雑さと美しさを巧みに描いた傑作です。主人公、阿桂の物語は、自分自身の理解と他者との繋がりを深く理解する絶妙な指針となります。読者それぞれの人生において、この作品がどのように影響するかは、まさに読後の楽しみと言えます。

地域の枠を超えた広大な舞台設定も、この作品の魅力の一つです。アメリカ、ヨーロッパ、台湾、そして日本と世界中の様々な場所が物語に登場します。様々な背景を持つ人々が集まるこの世界で、張小莓の筆が描く普遍的なテーマと深い感情は、どの文化圏の読者にも深い共感を呼び起こすでしょう。

この作品を手に取ることは、読者は人間の心の美しさと複雑さを新たな視点から洞察することができます。この作品は、普遍的な真実と人間の愛の探求を共にするという冒険への招待です。そしてその冒険は、あなたの人生をより深く、より豊かに生きるための道しるべとなるでしょう。

序文作者簡介

Nobuaki Michihata, M.D., MPH, Ph.D.

兒科醫生，公共衛生碩士（MPH），醫學博士。

專長：兒科、青少年醫學、臨床流行病學。

簡歷：

二〇一四年東京大學醫學研究所公共衛生醫學研究科畢業

二〇二三年千葉癌中心研究所癌症預防中心預防流行病學研究室主任

翻譯

Sufuei Michihata

推薦序

Francy Shu, M.D.

我的日常總是滿了醫院的會診，臨床研究，醫學演講……等行程，能夠休閒安靜地讀一本與工作無關的小說，實在是我在忙碌的執業生涯中一件難得的奢侈幸福。

每一個人都渴望愛情來造訪，當我浸淫在《伊莉莎白．阿桂的956咖啡客棧》的精彩故事中，我彷彿自一場繽紛纏綿的戀愛中重新翻滾歸來，那是一種享受，也很椎心……。打動了我，真想要放下忙碌的工作，希望也能遇見一位彼此深愛的對象，談一場Makoto式的戀情。

書中談到維也納咖啡，我渴望要體驗故事中幾位主角的味蕾之旅，除了親自品嚐，也特別研究此花式咖啡的調製過程，它的最上一層是溫潤的奶油，如同阿桂純柔的愛；再來是含有酸苦的濃黑咖啡，好比人生的錯綜複雜，疊層困難和諸多無奈；最後才是沉底的蜜糖，即使困難不斷，苦澀參半，但甜蜜的點滴過程，永遠激盪撩人。

我非常喜愛小說中每一個大自然的隱喻。作者很俏皮地將元代文學家仇遠的作品《夜行船》中的「纖雲不染」，仔細生動地彩繪出「土耳其藍」（Turquoise Blue），令湛藍天空的畫面，即時浮現在閱讀者腦海中；詩人李白「月下獨酌」的些許感傷，也在作者的創意之下，賦予了「不喝酒也醉人」的浪漫情懷。

文字在張小莓的筆下翩然舞動。她在故事中提到英國作曲家艾爾加之小提琴及鋼琴樂曲〈愛的禮讚〉，與吳振東〈愛的循環〉，互相感動契合，不禁也觸發我著手計畫與自己的職業有關的「愛的循環」……。

故事讀起來有甜蜜的觸動，也有死生淬煉的情愛書寫，我彷彿與張小莓創作的人物一起火熱澆滾了一場人間不敗的情愛。小說描繪的不是傳統的三角戀愛，而是經由倒敘的手筆，把原始的人性情感，迂迴曲折地呈現。內容抽絲剝繭，用不同的氛圍架構營造出許多精彩的畫面，包括了大膽的情愛纏綿，打擊犯罪，建立友誼，鞏固家園，教育孩子，賣命工作……等等。故事背景橫跨台灣，美國華盛頓特區，馬里蘭州，日本東京，北海道，西班牙濱海小鎮錫切斯，巴塞隆納，英國倫敦，愛丁堡……等等，讀來彷彿與主角們同步行旅。

當我首次閱讀，發現《伊莉莎白·阿桂的９５６咖啡客棧》的厚度時，非常震撼地感受到作者對寫作的狂熱和投入。張小莓熱情點燃她用生命書寫的每一個字，鮮活生動地刻畫她筆下所創作的人物。

您願意與我一起，好好欣賞這份能重新點燃我們心中的善良，希望，和愛的火焰的藝術創作嗎？我誠摯邀請您！

Life gets so busy with patient care, clinical research, and educational talks for me that it has become an unimaginable luxury to read a non-work related book that is also powerfully soulful, until I came across Melody's (張小莓) debut novel, "Elizabeth Agui's 956 Coffee Lounge".

This book refined my taste of the Vienna Coffee through poignant stories interwoven with selfless gentle love (like the soft cream), multitudes of complex obstacles (like the strong espresso), and indelible heartwarming memories (like the sweet sugar). In fact, the story content enriched my appreciation for nature through the Yuan poetry as Melody meticulously painted the sky with Turkish blue (turquoise). Musing upon her playful words was like waltzing under the moonlight while experiencing the Tang Dynasty Poet Li Bai's solitude. It was as if words danced under Melody's pen. The English violin-and-piano piece, Salut d'Amour, became enlivened, as the theme of the book -- love -- blossomed.

"Elizabeth Agui's 956 Coffee Lounge" depicts not the traditional love triangle, but bares the innermost human emotions through flashbacks with page-turning twists and turns. It is a convoluted story of romantic love that solidified through bold words of physical intimacy, combating crimes, forging friendship, building communities, parenting, and working with the highest commitment. Better yet, readers expand their horizon as the setting sprawls and climaxes across the globe: Taiwan, Washington, D.C., Maryland, Tokyo, Hokkaido, Barcelona, Sitges, London, Edinburgh, etc.

When I first read this book, I was shocked at its depth and breadth. Clearly, Melody carved this work of art and chiseled the details with much sweat and tears.

Would you join me to enjoy this novel that rekindles kindness, hope, and love? A bonfire awaits you!

—序文作者簡介—

Francy Shu, M.D.

十二歲自台灣移民美國；加州理工學院畢業，芝加哥醫學院醫學博士畢業。

加州大學洛杉磯分校醫學中心神經內科教授、神經肌肉醫學專科主治醫師。

二〇二一年海外優秀十大傑出青年。

伊莉莎白·阿桂的
956咖啡客棧

Elizabeth Aguri's

956 Coffee Lounge

1.

956咖啡客棧每天上午九點五十六分開門營業，這個開門時間其實有些兒曖昧和尷尬，用早餐嫌晚了些，距離午餐似乎又太早；但是這並不影響熟門熟客登門駐足，除了可以探究一般股市情勢，還能擺擺龍門陣聊點八掛，真是排遣寂寞，打發時間的不二選擇。

秀美阿姨逮到機會偶爾會湊對成雙，曾經撮合了幾對被月老遺忘在世間的凡夫俗女；有時候也當起和事佬，舉凡夫妻不和、情侶吵架、婆媳過招，甚至寵物之間的爭寵，她都能巧妙擺平。唯一令她擺不平的，是毛頓先生偶爾和她來一場百轉千折的過招。

冬去夏至，仲夏六月，已經有盛夏來襲的炙熱難醒。

伊莉莎白・阿桂慵懶地從咖啡館圓拱玻璃窗放眼望去，見窗外那纖雲不染，薰著土耳其藍的天空，同時也撇見了秀蘭正朝向咖啡客棧信步走來。

「今天要喝焦糖瑪奇朵！」剛進門的秀蘭脫口便點了一杯帶有焦糖味的瑪奇朵，取代平常固定的招牌黑咖啡，神情不似平日一貫的雀躍和青春。

「今天改喝焦糖的，決定甜蜜對待自己是嗎？」伊莉莎白・阿桂微笑地眨著一雙迷人的雙眼，重複著秀蘭所點的飲料。

「對的！今天開放自己，無甜不歡！」

「就是啊！甜蜜有理！」阿桂同意的點頭說道。

然而從秀蘭的眼神裡釋放出來的一股哀怨迷惑，阿桂似乎已經讀出秀蘭的難處和壓抑的情緒，即將引爆開來……。

「來得及嗎？」伊莉莎白・阿桂試探性地問了這句話，秀蘭雖然驚訝，但也理解阿桂已經了解了「英雄傳」的來龍去脈……。

2.

秀蘭委屈地兩眼泛紅，強忍著淚水在眼眶中打轉，她勇敢地擒住；彷彿搗入了水晶的眼神，令伊莉莎白・阿桂看了更心疼，於是走到門邊，二話不說的掛上「私人聚會，請勿擾！」的招牌，將店門瀟灑地鎖上。

她讓「小心」到二樓去休息，把一樓咖啡館的空間和時間留給秀蘭和她自己。伊莉莎白・阿桂看似瀟灑，也偶有豪語，但是她心思細膩冷靜，分析判斷事情的跌宕起伏，彷彿是受過專業訓練似的，總是心疼處在身邊的人有著壓抑和憂傷，就像現在她對待秀蘭一樣，寧可犧牲生意，也要解救瀕臨崩潰邊緣的秀蘭。

這是伊莉莎白・阿桂的俠女情懷，她挺喜歡武俠小說裡那些情義相挺的豪邁氣慨。

「他不要離婚，也不碰我！」秀蘭和先生得偉結婚十二年，分房十一年，偶爾秀蘭會主動示好，其中的一次終於讓她懷上了兒子。

「妳根本找不到離婚的理由，他既不拈花，也不花天酒地，又給妳和兒子過上安穩富裕的生活，更不干預妳的私事，但是不碰妳這事兒，換別人也許就天天逼他就範吧！」

「來不及了！他怪不了我，我愛上別人了！我不想再幫他遮掩他在英雄傳裡的那些陳年舊事，我渴望擁有屬於自己單純的幸福。」秀蘭鼓起勇氣，和盤托出她現在的處境和心境。

「只要他不願意離婚，妳就不會有單純的幸福，我約略了解他英雄傳的那些事，很難的……。」

PS：「小心」，是伊莉莎白・阿桂的得意助手兼秘書，她煮的咖啡，她的機智和反應都令伊莉莎白・阿桂非常滿意。

3.

「我要和得偉攤牌，讓他了解，他不能給我的幸福，我得自己去尋找。」秀蘭臉上的表情雖然堅決，卻語氣溫和地自言自語，彷彿春風佳人般的溫柔。

伊莉莎白・阿桂畢竟是局外人，想法上自然比當局者理性；又基於好朋友立場，便起了保護秀蘭的想法。

「攤牌之前妳一定要深思。」伊莉沙白・阿桂對著秀蘭說出她的提醒。

秀蘭這幾年經由得偉提供給她的大量資金去投資股票而累積起來的財富，已經足夠讓她和兒子過上不虞匱乏的生活，然而令她更在乎的其實是得偉願不願意成全她離婚的請求，想到這兒，秀蘭陷入沉思，她一心一意想要儘快與得偉分手。

「阿桂，我想介紹呂培修與妳見面認識。」秀蘭突然想到要從伊莉莎白・阿桂那兒獲得一些想法和意見，於是提出要介紹他們見面的主意。

「不行，我不能和呂培修見面，妳是我多年的客人，我們無話不談；得偉也是我們一起認識的好朋友，他為人溫暖大氣又極有愛心，對咖啡館付出很多的關注與照顧，我是不會背叛朋友的。在此情況，我的意見將不夠客觀，這樣對呂培修也不公平。」伊莉莎白・阿桂即刻婉拒了秀蘭的提議請求。

「除了與呂培修見面，其它我個人的意見和看法，都可以提供給妳做為參考。」伊莉莎白・阿桂見秀蘭失望的神情，馬上又補上這一句貼心話。

看了一眼手腕上的手錶，秀蘭起身準備離開，小心正從樓上下來，準備把各式麵糰放進烤箱，因為一小時以後，便是咖啡館門庭若市的黃金時間。

「秀蘭！妳要走了？歡迎有空隨時來聊聊啊！」小心貼心的告訴秀蘭，並送她離開，也順手把門上的木雕換成「營業中」。

約略二十分鐘的光景，陸陸續續地進來了客人，其中坐在後方黑色鋼琴邊上的一位男士，他將風衣外套小心翼翼的放在座位旁邊的椅子上，感覺這位男士品味不俗，他點了一杯維也納咖啡，這也是小心拿手的特調。

男士的眼神向咖啡館內橫掃了一圈，似乎在尋找什麼？隨即又低頭沉思，再輕柔地拿起杯子啜一口咖啡，滿意幸福的臉龐，不經意地透露些許故事的端倪……。

4.

小心她一邊熟練地為風衣男子烹煮維也納咖啡，佯裝忙碌的同時，偶爾幾次不經意的去留心這位從來未曾出現在咖啡客棧的客人。

小心從伊莉莎白・阿桂那兒學得了察言觀色的技巧，她敏銳地直覺這位男士是一位有著豐富人生故事的紳士……。

這天下午從秀蘭離開咖啡客棧之後，伊莉莎白・阿桂隨即上了二樓，她有一些工作任務需要在後天以前完成。然而即使時間緊迫，她仍然義氣的停下工作，暫停咖啡客棧生意，專心陪伴失意落寞的秀蘭。她的俠義情懷，常常令人窩心感動，咖啡客棧的好生意，和她獨特的為人風情應該也有直接的關係。

但是真正的伊莉莎白・阿桂其實並不是八面玲瓏的女性，她重視素養和人品，不管是交往的朋友還是對自己各方面的期待。

眼看著咖啡館即將進入傍晚的黃金時段，小心也逐漸地忙碌起來。伊莉莎白・阿桂難得的沒有一如既往地在現場招呼客人，或幫忙調煮咖啡，想來她真的是投入在另外的私人工作。

當小心送上精心調製的維也納咖啡在風衣男子的桌面上時，她有意地看了他一眼，發現他有很高挺的鼻樑，充滿情懷的眼神讓人一眼難忘。

「請問白小姐在嗎？」風衣男子溫和地向小心詢問著。

「哦！抱歉，她最近都不會在這兒。」小心記起了伊莉莎白・阿桂曾經謹慎交待過的：「最近只要有人來咖啡館指名要找白小姐，一律回答她不在。」

「能請問她什麼時候會在咖啡館嗎？」

「我不清楚她的動向喔！您願意留話給她嗎？」

風衣男子看了一眼小心，欲言又止的神情，讓人直覺這其中存在著不簡單的內情，為何六月的酣熱季節，仍有人隨身攜帶著風衣？

「沒有關係！我再坐一會兒，謝謝妳！」風衣男子適時地緩和了自己失望無奈的萬般情緒，順口道出。

「小心啊！趕快！一杯磨卡半糖少冰少可可啦！等一下有人要來這裡相親勒！」秀美阿姨一進門直對著小心呼喊道。

頓時咖啡館裡的氣氛，從剛才風衣男子因為失望不安的凝結氛圍，馬上化為輕鬆有趣。難怪伊莉莎白・阿桂形容秀美阿姨是不經掩飾琢磨的喜劇要角，所到之處，盡是歡樂開心。

這時，風衣男子起身到櫃檯買單，留下了小心遞上的零鈔，和桌上那一杯糖漿沒有化盡的咖啡，不急不徐優雅地告訴小心：「謝謝妳特調的維也納咖啡，是白小姐傳授的嗎？很熟悉的甜蜜味道，非常迷人的口味！」

當下一臉狐疑的小心懵愣地來不及反應過來，風衣男子已經走出了門外，回頭望了一眼雕刻著「營業中」字樣的立體木雕，便轉身逕自走向停車場的方向……。

「哎哎！新客人喔!?」秀美對著小心有意思的問著，才把小心從萬丈思索處拉回現實。

「是的，從沒見過這位客人！」

小心回答秀美阿姨的時候，也正思想著這位風衣男子與白小姐之間，似乎存在著一些什麼扣人心弦的神秘故事……。

PS：品嚐維也納咖啡時建議毋須攪拌，只要充份地享受每個階段所呈現的不同風味口感；在柔潤的鮮奶油與舌尖碰觸間，緊接著品嚐微苦又瞬間回甘的咖啡，最後是甜蜜的糖漿，苦、甘與甜交織成的味蕾層次，令人回味眷戀……。
咖啡豆則以深烘焙為佳。

5.

「這人看起來風度教養都不俗，應該是不需要透過我介紹對象的。啊！阿那也不一定，現在是條件差，對象容易找；反倒是條件優秀的很難找到匹配的。」秀美阿姨自顧自地喃喃道來。

一轉身突然望見進門處走進「長山伯」。

「長山伯，你來了喔！」秀美打招呼式的問著長山伯。

「嘿嘿！拿水蜜桃給小心帶回去給她老爸吃，難得小心的孝心，我怎麼樣都一定得幫她留一些的啊！」

「長山伯，謝謝您！爸爸問候您喔！」

「道謝道謝！有空請他來我的果園嚐嚐新品種的無籽芭樂啊！」

付過了水蜜桃的費用之後，小心把要孝敬父親的水蜜桃妥善地放進冰箱冷藏，轉身又打了一杯長山伯喜歡的草莓混上香蕉泥的冰沙讓長山伯舒心涼爽一夏。

每次長山伯來看小心，小心的內心都會湧起一陣陣的辛酸複雜情緒。

小心的爸爸夏天長和長山伯是小學同學，也許是名字裡都有一個「長」字，從小兩人便是好哥兒們。

夏太太生下小心的那一天，突然血崩告急，情況危急，那天上午長山伯也正好來探視好哥兒們剛出生的小 Baby，卻目睹夏太太親手抱著剛出生的娃兒，彌留中嘴裡不停的交待夏天長：「小心照顧女兒，小心培育她，小心呵護她……。」

夏天長親眼見著愛妻抱著女兒的雙手逐漸逐漸地鬆開，氣若游絲的交待著丈夫，小心……小心……小心呵護女兒長大……。

夏天長悲痛欲絕，長山伯陪在一旁，他遂小心翼翼地抱起尚留在媽媽懷中的嬰兒，輕聲喚著：「小心！小心！妳是我們的寶貝！」於是，夏小心這名字，是媽媽放手離開她之前給取的，夏爸爸總是這樣告訴夏小心！

晚間伊莉莎白・阿桂終於又出現在咖啡客棧了！不那麼忙的時候，夏小心逮到了一個空檔，對著伊莉莎白・阿桂說出下午風衣男子來咖啡客棧尋訪白小姐的事。

夏小心特別留意伊莉莎白・阿桂的表情變化。沒想到伊莉莎白・阿桂繼續盤點著咖啡豆的動作沒有停歇，沒有任何反射的動作，也沒有任何隻字片語的回應，彷彿夏小心沒有說出任何話語一般。夏小心於是從冰箱拿出一顆特別為伊莉莎白・阿桂留下的水蜜桃給她品嚐，阿桂適時溫柔地擁抱了一下夏小心，當下切開水蜜桃，一人一半地吃將起來，眼神不禁望向掛在鋼琴上方的那幅畫，這個眼神動作讓伊莉莎白・阿桂不經意地還是透露了她內心萬千翻騰後的些微蛛絲馬跡……。

6.

咖啡客棧內燈光柔和，距離出口的最遠桌，有秀美阿姨介紹的一對相親男女，聊得正起興，秀美阿姨這時離開座位向櫃臺走去。

「哎！阿桂！我這一對相親的對象，聊得正起勁，妳今天可不可以晚一點打烊？我再點一杯焦糖摩卡，去冰少糖少可可，哎唷！夭壽哦！這麼晚了還能喝嗎？喝了可能不回家，乾脆留在這兒講故事給妳聽。這樣好了，老規矩啦！我先付錢存起來，請客給需要的人喝啦！拜託拜託！等我領了媒人紅包，一定請妳和夏小心去吃米其林大餐啦！」

伊莉莎白・阿桂面有顧忌的神情，倒不是不願意為秀美阿姨延長營業時間，而是……，這個時候，風衣男子默聲地出現在門邊。

咖啡館內的每一個人同時望向他，包括一直埋頭研究當日股情而不愛搭理人的「毛頓先生」，進門之後，風衣男子略顯尷尬。今天下午他離開咖啡客棧時，望了門上木雕牌子寫的營業時間，推測現在咖啡館即將打烊，應該出入的人少了，白小姐也可能在現場……。

此時夏小心正緊急的努力思索著如何斡旋這個不知故事內容的迷茫混亂局面，空氣中凝結不化，風衣男子進退維谷，他見到了白小姐，頓時萬般情緒在他柔情的眼神裡釋放出來，當他們的眼神四目相接，伊莉莎白・阿桂不暇思索地一個箭步走向風衣男子，拉著他往鋼琴方向快步走去，站在畫下，他們深情擁吻……。

「阿夭壽喔！拍電影ㄋㄟ。」秀美阿姨十分壓抑的低聲驚呼，其實她是驚訝於不曾見過阿桂如此幾近瘋狂又饒富浪漫的畫面。

風衣男子沒有鬆開白小姐，兩人深情相偎，耳畔輕撫，低語呢喃，多少深情期待無處訴說，多少別後聚難的無限情愁……。

溫柔的沉吻過後，風衣男子不發一語，優雅轉身離去。

望著風衣男子輕聲關門離開，伊莉莎白・阿桂表情淡定又慢條斯理地走向櫃檯後方，靦腆娓娓說道：「這次免費，下次收費啊！」算是為這浪漫中又帶些刺激驚悚的時刻，以一句幽默話語輕鬆帶過。

「哦！那我先預付十次的費用，呵呵呵。」毛頓先生在座位上率先開口接伊莉莎白的話。

「那我要成為終身榮譽會員，一次性收費，終身百看免費啦！」秀美阿姨開心的回應毛頓先生的時候，也望向她的相親對象，有些兒故意張揚剛才撩人的畫面。

咖啡館內氣氛一時之間高亢了起來，善良聰慧的夏小心暖心的希望在這段有可能是愛情故事的章節裡，沒有人是受傷害的一方。

窗外夏雲明月難解風情，窗內清影似夢相隨；在場沒有一個人喝任何酒精飲料，但似乎每一位都漸入微醺，雖已買單，卻都不捨離去……。

這就是956咖啡客棧獨特的情懷和氛圍。

7.

咖啡客棧內除了蕭邦的月光組曲背景音樂之外，再無其它聲響。

伊莉莎白・阿桂望向窗外，一輪素月清麗溫婉，她的內心卻是柔腸百轉，甜蜜中有一縷銘心的苦澀，雖然情緒如練，但那無限相思滿腹情愁，卻依舊情上心頭。

她隨即轉身走向鋼琴處，輕輕拿起風衣男子遺落的駱駝色風衣，走進提供給客人掛外套的衣帽間，在掛上風衣的同時，輕觸風衣右邊口袋，發現一張寫著「不動聲色」的紙條，除此便再無其它文字透露任何訊息。

走到櫃檯後方，趁著夏小心未多加注意之際，伊莉莎白・阿桂不疾不徐拿出火柴，立即湮滅紙條，眼神望向毛頓先生的方向。

夜色已深，秀美阿姨早有倦意，便催促著相親男女一起離去，改日再約；其他客人也相繼離開，唯毛頓先生仍是忘情低頭思考，像似研究股情一般的專注。直到夏小心提醒即將打烊，毛頓先生遂望了一眼伊莉莎白・阿桂，隨即起身走到櫃檯付錢，並小聲拋下一句話：「這幾天我都會過來。」

「歡迎歡迎！如期完成。」伊莉莎白・阿桂低聲地這樣回答毛頓先生。

和夏小心互道晚安之後，伊莉莎白・阿桂隨即走進她二樓的辦公室，從電腦傳出「收到！」二字的 E-mail 回覆。

三分鐘以後對方回覆：「真的想妳……」

「歲月不慢，青春不等……」伊莉莎白・阿桂如此回覆對方。

這一來一往的 E-mail 大約只花上五分鐘的時間，卻讓伊莉莎白・阿桂整夜心緒無限感傷，倍感孤寂落寞……。

突然再次想起自己的父母不知在何方？不知從何思念？又他們是否健在？是否偶爾也會想起她這位出生六天即被他們拋棄的女兒？自己渴望的父母親情，竟是人生中最奢侈、最沒有盼望的期待……。

8.

風衣男子這廂也不從容，安靜的靈魂，不斷地呈現想起阿桂那些不堪的童年……

** ** ** **

伊莉莎白．阿桂從小就不知道自己的親生父母是誰？她的養父白卜禮和養母林葡萄是在市場擺攤的菜販。結婚多年膝下無子。那一年的冬天，在他們攤位旁邊的魚販阿東伯的鄰居志明在送報途中，經過鬧區，在一座騎樓的柱子旁側，發現一位嘴唇發白，已經凍僵的嬰兒，想來是一夜未進食，嬰兒除了飢餓，還失去了愛的溫暖，抱起嬰兒，毛毯裡塞了一張紙條，寫著：「請收養，十二月二十八日出生。」那一天是剛過元旦的第二天，推算小 Baby 只出生六天。

Baby 持續在警察局待了大約二十天，親生父母未曾出現，透過阿東伯引薦，當白卜禮夫妻領養嬰兒的時候，她剛滿一個月，他們夫妻為她取名「白玫桂」。

過了半年，白太太發現自己懷孕了。第二年，阿桂有了異父異母的弟弟，取名白彬彬。

伊莉莎白・阿桂的童年大部份的時間都是在市場裡幫忙養父母販賣蔬果。她喜歡讀書，常常對著有繁星出現的星空沉思發呆，當她冥想渴望自己親生父母的時候，卻從來不知何處是兒家？不知父母為何拋棄她？不知有多少個無從想念的夜晚，她總是含淚入夢。

她沒有屬於自己的房間，養父母在廚房的角落擺置著用磚塊撐起，做為床架，再在上方放一塊木板，鋪著一層破舊的棉被，這就是伴隨著阿桂長大的床鋪；旁邊的餐桌不用餐的時候就是白玫桂讀書的書桌。

廚房冬冷夏熱，十幾個寒暑阿桂就是這麼樣長大的。沒有童年的歡愉，沒有少女的情懷，如果能為家裡多賣出蔬菜水果，多一些收入，見到養父母開心，她就有安心的一天。

而養父母養她長大，她知足感恩，不會怨懟常常責罵抱怨她的養母。

阿桂非常疼愛照顧彬彬，彬彬和她感情很融洽，和弟弟相處的生活細節，是在困難的日子中，最令她釋放壓力，最愉悅的姊弟深情。

高中畢業的那一年，伊莉莎白・阿桂如願的考上了第一志願，但是沒有絲毫的喜悅，因為她即將面對需要獨立養活自己，提供自己上大學的學費及生活等開銷，養母還要求她每個月需要賺錢回饋家裡，不希望她再繼續升學。

那一年她未滿十九歲，當夏天結束之前，她離開了養她長大的家，除了阿東伯送給她的紅包之外，唯一便是帶著一身的孤單迷茫，和不時在眼中打轉，勇敢擒住沒有掉下來的淚水，迎向那不可知的人生，此行前去，是悲歡憂樂，都將是一個人承擔的人間糾纏……。

** ** ** **

夏季的酣悶，無意思念，卻又一整夜的相思……，風衣男子每次想到伊莉莎白・阿桂的身世，內心總有柔腸寸斷，萬般心疼不捨……。

一直到晨曦初露，他才有了逐漸昏沉的睡意……。

9.

離開家以後的阿桂開始面對獨自拼搏的大學生涯，沒有青春的雀躍，沒有新鮮人的左顧右盼，除了上學，週末排滿家教，每天晚上還在學校附近的一家專賣外文書籍的小書店打工。

阿桂因著外型亮麗，很快地有些追求者出現，然而她並沒有把心思放在交朋友，除了用功，還得拼命打工養活自己，寄錢回家。

在大二第一個學期即將結束的前二天，那一個夜晚突襲性的風嘷雨嘯，書店內的客人都逐漸離開了，阿桂發現沒有為自己準備雨傘，為了等雨停歇，她並沒有急著要離開書店，只是當她準備熄燈鎖上店門之際，赫然發現比她大一屆的吳振東竟還在書店內，似乎沒有要離開的意思，想來他也是躲雨吧？

「雨下這麼大，我在等雨停，你也在這兒等雨歇了再走吧！」阿桂對著不甚熟悉的吳振東提出友善的建議，歡迎他留在書店，等待雨停再離開。

那一夜冷風暴雨，兩人雖然凡間初相伴，卻猶如故人歸來，他們安靜聽風觀雨，兩心共鳴逐漸攀升，彼此雖無過多言語，卻有聊興徘徊，傾注而洩的驟雨有如即時的告白……。

阿桂為自己打工時間準備的即溶咖啡和僅有的一個馬克杯，成為兩人一生情愛眷戀糾纏的序幕催化推手……。

「你的上衣有些濕了，喝一杯熱咖啡吧！」

「妳呢？」

「抱歉我這兒只準備了一個杯子，你喝吧！我不需要啦！」

吳振東接過杯子，啜了一口咖啡，隨即遞給阿桂，眼神中漫溢著期待……，這突然的動作，著實令阿桂楞了二秒，但還是大方地端起喝下，兩人持續重複著這樣的一杯共飲……。

吳振東不記得自己從小以來是否曾經喝過即溶咖啡，但此刻卻感到這一杯是人間精華萃取的上等極品咖啡，不糖也甜。

當他們準備一起離開書店的時候，那場驟雨早已停歇多時。

從此吳振東常常流連在書店，他常望著正在忙碌工作的阿桂，自己的眼神中滿溢著對她的棲息眷戀，感情逐漸加溫。

吳振東和哥兒們假日的時候會在書店等阿桂下班，然後大夥兒一起出門去遊玩，溜冰、打橋牌、吃宵夜……，那真是一段揮霍青春，歲月無悔的歡樂甜蜜時光。

這期間阿桂的書店常會出現一位會說中文的外國男士，和其它常出入在書店的外國人不一樣的是，他似乎總是在遠處旁觀書店內客人的出入動態。

這樣的時光持續了二年，就在吳振東畢業的前夕，阿桂突然收到吳振東留下的一封信……

「我捨不得離開妳，我放不下妳……。如果可以，請妳將我忘記。」

沒有提問，沒有呼天搶地，阿桂再一次無依無靠的從雲端墜落，她感覺自己是一生的孤兒，一世的孤單……。

10.

那一年的夏天酷熱無比，很多好朋友們要畢業了！

面對吳振東，萬般離愁總上心頭，他們常在阿桂不打工時單獨相處，年輕的一對，偶爾激情甚過理智，兩情繾綣，不忍離散，奈何滄海一夕之間，魂魄已不交纏，才上離愁，卻已分手……。

吳振東的好哥兒們阿郎和美津是班對，因著吳振東的關係，他們和阿桂、吳振東四人之間早已培養出肝膽相照的情誼。

吳振東突然人間蒸發後的第一個星期日下午，美津和阿郎雙雙出現在阿桂打工的書店，阿桂見狀，三個人在書店一角默默無聲相望，阿桂忍住了打轉的淚水，沒有失態，任誰看了都非常不捨，美津走過來緊緊抱住阿桂，

阿桂輕聲說：「我好好地……，等明年畢業。」

隨即去櫃檯後方的儲藏櫃拿出一個已經包裝好的禮盒，交給他們二位。

「這是我來不及送給他的畢業禮物，如果有機會見到他，就轉交給他；否則，你們就送給需要的人吧！」

他們都知道阿桂拼命打工賺錢，除了要支付自己的學費和生活費之外，還要寄錢回家，改善養父母的生活，卻竟然還存錢給吳振東買畢業禮物，想來真是心疼又揪心不已。

阿郎也輕擁阿桂，說了一聲：「我們也都沒有他的消息。」

兩人隨即離開書店，因為他們實在不忍心繼續見到這麼強忍悲傷，勇敢又自愛的阿桂出現在眼前……。

交往期間，吳振東、阿郎和美津，他們都知道阿桂的身世，但是再辛苦的打工生活，阿桂從來不訴苦，或接受朋友間的資助。

因為吳振東連他自己的畢業典禮都未出席，於是他與白玫桂分手的消息便在校園裡不脛而傳開。阿桂從沒想過和吳振動天長地久，但也絕對想不到他的分手，竟是如此地決絕無情。

望著阿郎、美津這一對好朋友離去的背影，阿桂決定不再與他們互有聯繫，因為與他們見面，實在無法不想起他。

暑假來臨，書店的生意絲毫未受影響，有人說哪來這麼多的外文書籍要買要讀？還不是因為白玫桂的原因！

自從吳振東突然消失以後，之前那位旁觀的外國人也再沒有出現在書店。經過月餘，一個沒有甚麼客人的傍晚，這位外國人突然又出現在阿桂面前，阿桂才發現此人許久未見。

「I haven't seen you for a while.」

「Oh, I went back to Washington, D. C., 我叫彼得。」

「我叫伊莉莎・白。」

「哦！伊莉莎是妳的英文名字，但我能和妳的好朋友一樣喊妳阿桂好嗎？」彼得用美式中文和阿桂輕鬆交談溝通。

「好啊！沒有問題。」

「伊莉莎白・阿桂，妳姓阿桂，這樣挺好的。」

阿桂正在納悶之際，彼得拿出一個封面上印有Confidential（機密）字樣的棕色大信封交給阿桂，

「這份資料麻煩妳拿回家研讀一下，我改日再來，晚安！」

彼得隨即逕自離開了書店。

回到租屋處的阿桂沒有對這份資料好奇，也沒有立即拆開大信封一看究竟。

她其實更苦惱的是自己的生理似乎起了變化……。

11.

開學之前，伊莉莎白・阿桂照例回家探望爸爸媽媽；弟弟暑假都會在家鄉的補習班兼課，見姊姊回來，趨前擁抱；爸爸也希望阿桂能在家多待幾天。

「隔壁金水嬸問妳有沒有男朋友？說有個好對象要介紹給妳，欸欸，聽說家裡很有錢吔！」阿桂媽媽如此說著。

「媽！妳不要亂逗，姊姊還不想交男朋友，她還要唸研究所呢！」弟弟白彬彬解圍的替姊姊如是說。

阿桂不語，拿出買回來的點心小食和家人一起分享，弟弟已經看出來姊姊有心事。

第二天清晨，弟弟送阿桂去車站，一路上無語，姊弟二人似乎各自懷有不同心事，到了車站，阿桂終於打破沉默，對著弟弟叮嚀似的地說道：「好好照顧爸爸媽媽，麻煩你轉交這個信封給他們，這是我陸續存下來的積蓄，有能力的話，我會多寄錢孝敬他們。」

「姊妳不要太辛苦，我也會幫忙的，妳這些留著用做下學期的註冊費吧！」

白彬彬直覺姊姊有很重的心事，關心之餘不禁繼續問道：「吳振東畢業了！他都好嗎？」

阿桂沒有隻字回答，因為她心中沒有任何答案。

到了車站門口，白彬彬給姊姊一個緊緊的擁抱。

「姊！我愛姊姊！」沒有讓白彬彬繼續說出未出口的話來，阿桂溫柔地推開了弟弟，適時地脫口：

「我的車要進站了！彬彬！照顧好爸爸媽媽。」

她一溜煙地進入了車站，阿桂回眸望著這位從有記憶以來就一直相愛的弟弟，她似乎感覺的到弟弟接下來要說的話……。

止不住的淚水，人生漂浮千萬緒的阿桂，她知道未來，將會有很長很長的時間，無法與家人再相聚。

這廂白彬彬手握著姊姊留下的信封，心疼地在內心深處想著，這一生無論如何變化，他都要好好珍愛姊姊。

回到租屋處，阿桂從棕色大信封紙袋抽出信件，再一次次閱讀：「Avoid danger, Avoid head-on conflicts. Challenge the opposing force cautiously, and so on. Washington D.C., July」

「躲開危險，避免正面衝突，以戰戰兢兢的態度挑戰對方勢力，餘皆類推。華盛頓特區，七月」

窗外金色陽光直入潑灑在阿桂租屋處的室內，持續間歇地跌宕躍動，伊莉莎白‧阿桂迴環往復，收拾好情緒，欲辯已無言。

終於，為自己決定了去向和安居的遠方……。

12.

開學前一星期的一個敖熱夜晚，彼得與伊莉莎白・阿桂約在書店打烊以後的時間見面。

「第一年妳會很辛苦，我相信依妳的情形，妳也不會想要回學校。謝謝妳接受我們的邀請，先預祝妳一切順利平安。」

「我能請問你一個問題嗎？請問你們為何挑上我？」

「妳看似充滿熱情、聰明又正直；實則相當理性，加上目前依妳的情況，我很想要幫忙妳……。反正以後妳會了解，妳今天的選擇是正確又明智的，妳將完全開啟有異於以往的生活方式和氛圍。」

開學了！白玫桂並沒有出現在校園，她也辭去了書店的工作。阿郎和美津慌了，一經查詢，才知道阿桂並沒有到學校辦理任何休學的手續，也就是說，她有可能過幾天會回學校上課。

然而二個月過去了，依然沒有人知道她的行蹤。

@ Washington D. C.（華盛頓特區）

十月底的 Washington D. C.，時序秋意正濃，伊莉莎白・阿桂在這兒沒有熟人，也沒有人認識她，她常在落日醉晚霞之際，一人對夕陽，吸引她漫步在「Klingle Valley Trail」（克林格爾山谷步道），金黃霞光投射在形單影隻的伊莉莎白・阿桂身影上，寂寞而淒涼。她在異鄉舉目無親，低頭不知思念為何人？然而一連串在她體力承受範圍內的堅強訓練，已在她身上逐漸鍊聚成智慧又深具遠見和分析能力的冷靜女性。

吳振東回到家鄉了，約了阿郎與美津見面，阿郎不屑前往，他不承認自己會有這麼冷酷無情的好兄弟，倒是美津拎了阿桂請他們轉交的畢業禮物與吳振東約了見面。兩人無語，美津丟下禮物轉身要離開，吳振東說了一句：「謝謝妳！我很想她。」

「你少廢話，她已經失蹤了！她弟弟只知道她出國了，沒有人知道她的去向，你的冷酷可惡，阿郎和我都不會再認你是朋友，如果不是為了把這份禮物親手交給你，我也不會想與你見面，妳知道她一向經濟都很拮据的……。」

說到這兒的美津一度哽咽，對阿桂的不捨之情溢於言表。

「從今天開始，我和阿郎與你後會無期！」美津說完便悻悻然頭也不回地離去。

吳振東打開禮盒，一件駱駝色的風衣內夾著一封信柬，他拆開來閱讀；「東東！當秋楓飄曳之際，我要看你穿上這件風衣，一定很浪漫瀟灑。鵬程萬里的祝福！　你的小玫」

揉抱著風衣的吳振東，終於思念潰堤，他內心對阿桂不捨的椎心之痛，沒有人可以理解體會，他知道得要餘生自己慢慢地承受這煎熬。

13.

伊莉莎白・阿桂自從入境 Washington D. C. 之後，Elizabeth・Agui 是她的英文全名，Agui 顯然已成為她的姓。

琳達是陪伴照顧她最貼近的友伴，她會陪伊莉莎白・阿桂去醫院看診，去超市採購生活飲食所需，她們還養了一隻杜賓犬，以防必要時可以保護她們。

伊莉莎白・阿桂決定在美國蛻變成一位嶄新又陽光樂觀的自己，加上一連串符合她體力能承受的專業訓練，伊莉莎白・阿桂正慢慢地適應並融入了美式生活。

這天在咖啡館，她點了一杯維也納咖啡，想起了自己疼愛的弟弟，遂寫下：

「彬彬，這兒已將進入寒冬，我的生活也慢慢上軌道了！想念爸爸媽媽和你……。工作上雖然有挑戰，但我都能勝任，請勿念！我的收入不錯，每個月可以匯錢回家，麻煩請代替我多費心照顧爸爸媽媽。願我們一切都安好！　姊」

空檔時間伊莉莎白喜歡帶著她的愛犬 Lux，在「Piping Café」選一個靠窗的座位讀書沉思，Piping Café 是一家專為客人設計調煮個人喜好的花式咖啡館，阿桂最喜歡的是維也納咖啡。

維也納咖啡也是她傾盡愛心，為了吳振東的喜歡而學習調煮的花式咖啡，她煮出了獨特的芳醇和撩人的味蕾觸動。

最近已經連續好幾次，她會遇見一位身穿風衣的男士出現在咖啡館，他臉龐上自然釋出的溫暖笑容，好似和煦陽光從咖啡館的窗戶木簾隙縫中不經意的斜射穿透進來，把已經年久斑駁的慵懶灰黃牆壁，重新賦予了滿牆碎金命脈，形成幾道黃金色系的橘黃光影，撩起的心思，彷彿透露著一個「不再蒼白」的冬日戀情。

「我也有一隻杜賓犬，比妳的大隻呢！」風衣男子第一次見到伊莉莎白的 Lux，幾近激動的告訴她。

「哦！我的 Lux 剛受過訓練，牠是我的好夥伴呢！」

「下次帶我的『Beer』來與妳的 Lux 做朋友。」

黃昏霞光之後的晚間燈火閃起，二位內心各有風雨的男女，不經意地暢聊著飼養動物的心得。三杯維也納咖啡之後，怎會預料人生故事竟是在此有了不期的伏筆和交集！

14.

接下來的週末下午，帶有溫煦笑容的男子和他的杜賓犬 Beer 來到 Piping Café，但是直到晚間，依然不見伊莉莎白・阿桂出現身影。

另外一個沒有預期，飄起了綿密小雪的星期五下午，有著預支週末的輕鬆氛圍，男子拎著他的愛犬 Beer 信步走近 Piping Café，忽然瞥見伊莉莎白・阿桂也帶著 Lux 正與一位美籍男子在咖啡館裡不像是閒聊，倒像是商榷著要事般的正襟危坐；見到這位男子和 Beer 向著自己走來，伊莉莎白開心的微笑打招呼，並禮貌的為面前這二位男士，介紹彼此。

「這位是彼得，這位是……」原來彼得是一年二次回來 D. C. 呈報職況，順便探視受訓中的伊莉莎白・阿桂，並囑咐她好好照顧自己的身體……。

「哦，嗨！你們好！我叫 Makoto Endo，我身邊這位乖寶叫 Beer Endo。」

彼得與 Makoto 寒暄了幾句，他們聊起了美國的經濟，不多久，他望了望伊莉莎白・阿桂一眼，便起身與她輕擁貼臉互道再見，然後逕自離去。

Lux 和 Beer 一小一大二隻杜賓犬，隨即開心逗趣的玩在一起，像是久違的酒肉朋友，手足舞蹈，空有熱情洋溢。

伊莉莎白・阿桂與Makoto也輕鬆的天南地北閒聊起來。

「妳的先生看起來是很禮貌的人。」

「哈哈，他不是我先生，他是我的直屬老闆呢！我單身。」Makoto根據伊莉莎白・阿桂的外型，很難想像她是一位單身女子，一時心中起了好奇，便這樣回答：「哦！抱歉我說錯話了！請別介意我的冒失。上個週末我帶了Beer來找Lux，都不見你們出現。」

「哦！我每個月的第二個星期六、日，都會上山去『Simply Loved Orphanage』（位於Washington D.C.近郊的一所孤兒院）陪伴那兒的小朋友，與他們相處二天。」

Makoto起先是好奇，聽了伊莉莎白・阿桂的回話之後更是驚訝，心中湧起無限感觸，頓時告訴伊莉莎白，他也曾有過身為孤兒的經驗……。

原來Makoto小學二年級的時候，隨父母的投資從東京移民到紐約，不過半年的光景，父母親開車竟出了意外遭受雙亡。Makoto遂由自己的伯父帶回東京，但是伯母對他極不友善，從此Makoto過著寄人籬下的日子，常常令他想逃離日本，直到十八歲那一年，他重新回到美國唸書闖蕩天涯。

「遠藤・良是我的中文名字呢！」

遠藤・良（Makoto）的故事，令伊莉莎白・阿桂內心有所感慨，她望著對街房子的黑瓦屋頂覆罩著輕飄落下的飛雪，像極了整齊的黑白鋼琴鍵，伊莉莎白・阿桂似乎聽見了琴鍵上如行雲流水般的音符跳躍竄動，如此這般沉飛雪白的街景，是否透露著窗外寒冬，窗內有情天的蛛絲馬跡？

15.

伊莉莎白・阿桂和 Makoto 兩人慢慢地熟稔起來，週末常常聚在一起分享彼此的日常，他們像一對認識多時的好朋友，無話不談。得空時會一起為二隻乖寶洗澡。期間 Makoto 約略了解了伊莉莎白・阿桂的工作性質，他覺得很獨特刺激有趣，也充滿挑戰性。

當他知道伊莉莎白・阿桂是棄嬰，之後被收養長大，以及童年就在市場幫忙販賣蔬菜水果中度過，心中湧現極度心酸，面對眼前這位有著慧黠眼神的伊莉莎白，想像著她年幼時即有著滿面塵灰煙火的臉龐，Makoto 動容之情閃過一個念頭，當朝來寒雨晚來風之際，希望自己能為伊莉莎白撐起一把擋風遮雨的大傘……。

有幾次不忙的週末，Makoto 陪伊莉莎白帶著二隻乖寶一起上山去與小朋友們歡聚，當他看到伊莉莎白對小朋友們的愛心耐心細心，竟讓他不知不覺地對伊莉莎白燃起了愛的火苗，雖然不可思議，但情愫已悄悄地滋養。

伊莉莎白・阿桂來到 Washington D. C. 之後已經密集的接受「探測表情行為」的訓練，這是透過大量生動的案例來教導她如何從面部表情、肢體語言、性格等方面來判斷他人的內心或犯罪的嫌疑。主要是結合語言學、行為心理學、犯罪心理學、性格心理學等各階層方面的理論研究和實際經驗來完成屬於自己的任務執行。

伊莉莎白・阿桂她努力，正直，具同理心和永遠保持履行承諾，真不愧是幹將星探彼得開發出來的最優秀人選。

寒冬猶未盡，早春花已爭艷，暖意也攀上了心頭，這個週末，他們如常地上山與 Simply Loved 的小朋友歡樂在一起，天黑之後，伊莉莎白・阿桂初始感覺身體不適，慢慢地彷彿山雨欲來風滿樓，意悲而遠，驚心動魄；Makoto 緊張萬分，卻見伊莉莎白依然冷靜不慌，一時之間，他便有了決定。

16.

慌張緊迫之間，Makoto 匆忙地把 Lux 和 Beer 交給 Simply Loved 園區代為照顧，他則開著車子載上伊莉莎白・阿桂，連夜開往距離 Washington D. C. 四十哩外的 Baltimore 的 Johns Hopkins Hospital（約翰・霍普金斯醫院），沿路伊莉莎白勇敢忍受肉體上的椎心劇痛，沒有一句呻吟。

「我會和妳一起疼愛 Baby 長大！」Makoto 義無反顧地說出一路上唯一的一句話，平淡卻寓意深遠又堅決。

伊莉莎白・阿桂無聲了！她一時無法仔細思量 Makoto 這句話的由來為何？她當時懷疑自己有早產的跡象，恐懼又無助的衝擊感隨即撲面而來。

Makoto 一路飛奔，終於抵達醫院急診室。

「是早產，情況危急，沒有選擇，必需馬上進手術房！」醫生迅速診斷之後，馬上回報 Makoto。

Makoto 衝向即將被推進手術房的伊莉莎白・阿桂，在她耳際邊溫柔的重複：「妳加油！我會和妳一起疼愛 Baby 長大。」

伊莉莎白・阿桂百感交集，隨即又痛暈過去……。

守在手術房門外的 Makoto，緊張疲憊又心疼伊莉莎白的經歷和遭遇，以及現在肉體上的劇痛煎熬。

他不止一次次的反問自己，這幾個月以來，為何慢慢地被伊莉莎白如此的吸引？他清楚是伊莉莎白的明亮、溫暖和善良，任何人只要與她相處，都會情不自禁地被她的率性慧黠而吸引。

伊莉莎白・阿桂終於聽到 Baby 的第一聲啼哭了！比預產期提早了三個星期出生的兒子讓伊莉莎白有一些亂了方寸，想到了故人心已變，霎時感到無比惆悵，沒有初為人母的喜悅。

當護士將 Baby 交到她懷裡，想到從此刻開始，她的生命將不再孤單，終於有了親情的圓滿，兒子將是她人生節奏的共鳴者，不禁令她激動的潸然淚下。

「Baby 可愛極了！雖然提早報到，但是檢查結果一切數據都符合標準，是一個健康的小伙子呢！」Makoto 走進房間開心又輕鬆的說道。

「謝謝你！Makoto！我第一次感到自己有著虧欠朋友的壓力。」

「我們雖然認識的時間不長，但是因為一起分享彼此的生命故事，早已經建立起深厚的交情，我相信今天如果是我要生 Baby，妳也會挺身而出的，不是嗎？」

「哪有男人生孩子的，你的比喻未免也太好笑了！」伊莉莎白回答這句話的同時，兩人都開懷的笑了！

「我充份感受到我們的認識是這一生早已註定的緣份，我決定和妳一起疼愛 Baby 長大，提供他一個充滿愛的環境，這是我經過深思熟慮之後的感動，我不是一時的衝動！」

「愛情這事兒，發生很容易，要彼此共享人生實在太難，太複雜了！」伊莉莎白・阿桂虛弱地回應著 Makoto。

「從妳告訴我妳是單身，我就再也無法克制自己不被妳吸引。Baby 是從妳而出，我發自內心渴望同時擁有妳和他，疼愛妳和他。」

伊莉莎白・阿桂閉上滲出淚水的雙眸，她需要冷靜，就像是被工作訓練的那樣。

17.

春夏之間的明媚，偶爾也帶來一、二場春雪飄絮，Baby已經慢慢兒適應人間的氣息，伊莉莎白・阿桂為他取名 Asa，意指「上帝的恩賜」。

Makoto 非常疼愛 Asa，幾乎每天過來陪伴他，從外人的眼光看起來，他真是一位百分之百疼愛兒子的好父親。

伊莉莎白・阿桂慢慢兒在釐清一些思緒，她常注視著 Makoto 與 Asa 的互動，不禁自問，如果沒有上一段刻骨銘心的感情，自己是否會愛上眼前這位溫煦溫暖的 Makoto？她必需先確定自己是否有一份對 Makoto 理性又單純的愛情，她無法接受自己是為了幫兒子找一份父愛而遷就愛情，那不是她想要的愛戀，尤其是對 Makoto 這麼優雅人品的男人，更是不公平。

不久蟬鳴鳥叫引來了夏意正濃的酣熱暖意；Asa 已經開始認得媽咪爹地，他正浸淫在父母的寶貝疼愛中逐漸地長大。

那個長週末的午後，他們在陽台上喝著冰鎮的維也納咖啡，那是伊莉莎白・阿桂為 Makoto 特別調製的，他喜歡咖啡杯底的蜜糖甜蜜，不去攪拌驚動，讓這蜜糖逕自臥底不張揚，彷彿自己對伊莉莎白・阿桂不願褪去的濃情蜜意，永遠令他陶醉沉迷。

他們這樣悠閒的聊著。

「我好珍惜我們三個人相處的時光，讓我回憶起小時候我與父母在一起的童年歡樂，我真心感謝妳千辛萬苦創造出來的機會。」Makoto 說著他此刻的心境。

「你有沒有想過，只要遇上了你喜歡的女子，這些都能很容易的就輕鬆擁有？」伊莉莎白這樣問著 Makoto。

「愛情沒有方程式，它必需是不可理解又毫無理由的發生事端，認定了的對象，一定是對方有著極度吸引自己的原因，愛情就是人生中最任性自己的執念，我曾有過多次自以為是的戀情，也都很開心歡喜，但最終我都不願意被俘虜。」

伊莉莎白聽著 Makoto 的細述，凝視著他不語，Makoto 看了內心一揪，馬上說道：「我真心愛妳！妳隨意……。」

令人多麼觸動的一句簡單話語，卻是道盡了人間的歲月長情。

「這次你患急性腸胃型感冒（Acute gastrointestinal cold）住院三天，沒有人就近照顧你，我實在不放心，你搬過來住好嗎？」伊莉莎白真心誠意的問道。

Makoto 站起身來，溫柔地拉起伊莉莎白，第一次緊緊的摟抱她，陽台上彷彿一直在傾聽的一對蜻蜓，一時雀躍，蟬翼天使般地悅耳鳴啾。

Makoto 溫柔地撫觸伊莉莎白・阿桂，無盡歡愉纏綿，所有的愛戀渴慕，已然完全傾注在彼此亢奮的血脈，熾熱而沸騰……。

18.

與 Makoto 甜蜜繾綣的日子讓伊莉莎白・阿桂全然地釋放自己，她幽默開朗，慧黠熱情，褪去束縛，歲月無恙，儼然未曾釀出不堪的過往痕跡。

伊莉莎白・阿桂工作的訓練已屆尾聲，很快地她需要開始出任務了！大半年來 Makoto 並沒有搬過來與伊莉莎白母子同住，但是他幾乎天天來陪伴他們。

這個週末他們剛從「Simply Loved」回來的路上，Makoto 深情的對伊莉莎白說道：「妳很快要正式工作了！陪伴兒子的時間會慢慢減少，我想邀請你們搬來與我同住，這樣我可以有更多的時間與 Asa 相處。並且我要向妳坦白我的背景和工作，我的家族在日本是汽車製造商，當時我父母來美國開展市場，不幸發生車禍，經營團隊後來把市場擴大，做的有聲有色。我來美國念大學，主要也是準備承接父母留下來的生意；這麼多來年來的尋覓，終於讓我與妳相遇相愛，我思考了很深很久，為了妳工作上的不安定性，我嘗試地投考情治單位的半職工作，已經被接受，在這份工作上我沒有什麼偉大的期許，目的只是為了能夠保護妳。」

車窗外的藍天纖雲層疊，伊莉莎白・阿桂內心激盪難抑，回過頭，她的左手緊握住 Makoto 在操作方向盤的右手，溫柔卻又篤定地回答 Makoto：「你愛的深邃，卻要我隨意；我愛的篤定，我不隨意，告訴你，「生命長情」這件事沒那麼簡單，也沒完沒了。」

她最大的感動是當 Makoto 知道她的工作有安全上的考量時，竟不是要她放棄，而是毅然決然地將自己投入其中，只為能親自保護她的人身安全。

伊莉莎白・阿桂和兒子在她即將出第一次任務之前搬來與 Makoto 同住，一家三口無盡的甜蜜幸福。

伊莉莎白・阿桂和 Makoto 兩人各自過往生活上的波瀾滄江，造成他們並不信任人間有白頭；而如今是風，是雨，是陽光或陰霾，他們一夜聽春雨，有你在身旁，歲月極靜好的生活，讓她終於了解為何 Makoto 以前不曾邀請她和 Asa 來他家，他的低調是建立在他的睿智細心，以及其它更多元性的考量。

而伊莉莎白・阿桂愛得簡單，她不曾問過 Makoto 的私事，她所知道的都是 Makoto 親口告訴她的，以及面對他時所感受到的和潤溫度。

這就是伊莉莎白・阿桂從精神到形式上的愛情中，最單純自然的光彩，不渲染張揚，卻令人魂牽夢縈。

19.

伊莉莎白・阿桂完成了專業的稽核訓練之後，已經正式成為正式的特務 Agent。

天際間灰灰濛濛是未甦醒時的天空底色，陰霾擠壓著濃雲，也難掩阿桂一夜未好眠的滿眼猩紅。她的工作場合暫時被分派在國際機場，第一天的任務是早班飛機抵達時，她將依她的專業靈敏度去度測入境的可疑旅客，根據稽查組昨天的通報，有被懷疑者將攜不良物品入境。

伊莉莎白・阿桂的任務是如何從面部表情、肢體語言等來判斷或讀出嫌疑者內心的反差，其重點在於表情行為分析，然後做出大膽假設之後的正確判斷。

伊莉莎白・阿桂向聯繫總部單位發出了第一則訊號：「目標左前方十一點鐘方向，蓄大捲曲長髮，深藍色外套搭配誇張黃色扣子，眼神茫亂，故作鎮定的安然姿態，當這位女士不時地將左手伸入左邊外套口袋時，應該是在顯示暗號，目前越靠近移民官，神色漸進慌張，最近一次的左顧右盼，實屬不正常之外，其表情也顯露不安的警訊，我已經極高度把握她的隨身背包有問題，準備行動，即將上前盤查，請夥伴持槍支援。」

拘擊過程有驚無險，伊莉莎白・阿桂完全勝任並表現全然的專業素養，她身手矯捷，足智多謀，沉穩細膩，其判斷和根據均鉅細靡遺地明確描述。

任務達成回到家中的伊莉莎白・阿桂，已經連續工作十八小時，精神上雖有說不出的刺激，卻又無比疲憊，回味過程，竟發覺很喜歡自己的這份工作，特務 Agent 的身份，讓她充滿挑戰又加添幾分神秘色彩。

休息過後，伊莉莎白與 Makoto 分享了直屬高層剛剛發出給她的訊息：

「恭喜妳！妳已經成功的完成第一次出擊的任務！攜帶違禁品的女性已經落網，另一位男性共夥我們已經掌握線索，明天清晨會出擊逮捕。

謝謝妳具有邏輯起點的專業和思維判斷能力，我們期待未來更多更成功的合作案件，並請隨時保持最高的警覺性和極致的自我保護措施。」

20.

幸福、安定又滿足的日子讓伊莉莎白・阿桂活出了她生命底氣裡的靈魂。幾年下來，她勝任職場工作，善盡媽咪天職，又兼具完美情人和妻子的角色，讓 Makoto 更加珍愛疼惜她，也極其疼愛 Asa。

Asa 和父母的感情親暱，在兩人優質的教育薰陶中，Asa 出落地品學兼優，氣宇不凡，一家三口相互依靠而譜成的真善美甜蜜家庭，是阿桂心中最珍惜的奢侈幸福。

伊莉莎白・阿桂也已經從 Agent 的職等晉升到 Detective（偵探），她儼然就是 FBI 格言：忠誠（Fidelity），勇敢（Bravery），正直（Integrity）的化身。

然而幸福可以把握，愛也不會斷絕，不料當梅子藏青時，哪堪無情風暴突然襲來打擊！伊莉莎白・阿桂的職場越來越艱鉅，挑戰也越來越高，Makoto 的兼職根本無法時時保護伊莉莎白。

這一次伊莉莎白・阿桂又臨危授命接受再一次夜間出勤作戰的任務，而且被交待這是一個需要做好「最壞打算」的任務，在她的職業上，這不是一句警告，而是一道命令！

伊莉莎白・阿桂輕吻了兒子，轉身緊抱 Makoto。Makoto 照例深情地對伊莉莎白既是愛憐，又是祝福的說道：「平安順利，等妳回家！」

不料頃刻之間，Makoto 卻讀出伊莉莎白眼神裡異於反常的不安神情，忐忑的情緒不禁讓他內心一陣陣不寒而慄。

在夜深幽黑之際，伊莉莎白・阿桂沒有更多的思維，她上了鎖，勇敢地跨出家門。

到了現場，只有能見度極低卻又特別刺眼的警示燈號閃爍。

「手舉起來！」頓時伊莉莎白・阿桂內心轟然巨響，顯然這是一項誤踩敵方地雷的出擊！

伊莉莎白・阿桂馬上有意逃向可能讓她致死或致殘的衝突環境，並想要以迅雷不及掩耳之勢快速拔槍射擊，她了解自己得在極度的心理壓力下完成任務，就在千鈞一髮之際，她發現身後一輛白色汽車朝她衝過來，駕駛座旁車門被撞開，車內駕駛者大喊：「Jump up!」

伊莉莎白・阿桂臨危一刻想起了這是「美式攔截」，通常用於解救遭受幾乎致死困境的同仁！

沒有多一秒的猶豫，伊莉莎白・阿桂立即跳上車，車子一時失去平衡，開始平地打轉，駕駛者仍然不減速直到劃出一條冗長的剎車痕跡。

跳進車裡驚慌失措的伊莉莎白・阿桂第一次領教傳說中執行勤務時的ＰＩＴ毫秒操作。

「妳已經被盯梢，生命在旦夕之間」駕駛者冷靜的說出跡象。

「是我自己的疏忽，若有意外，也是應該。」工作時強悍的伊莉莎白・阿桂，這時不禁含著淚水說出自己的大意。

「不！當他們已經盯上妳，這是早晚會發生的事；若不發生，妳不會知道自己的處境有多險峻，甚至還有可能會連累到家人。」

一聽到有可能連累到家人，伊莉莎白・阿桂的挫敗感幾近瓦解……。

「請問我能知道你們如何能急速了解剛才發生的困境，進而提供支援的嗎？」伊莉莎白・阿桂疑惑的問道。

「是 Makoto 從妳離家之前的眼神裡，產生高度的懷疑之後，提出呈報，請求協助保護妳的。」駕駛者據實回覆著伊莉莎白・阿桂所提出的問題。

「上級為保護妳的人身安全，妳必需馬上離開美國，隱藏身份一陣子，我現在直接送妳去機場，倫敦有一位 Alton W. 會接待妳，飛機三小時之內即將起飛，除了上級，沒有人會知道妳在哪兒？包括 Makoto，我很抱歉是這樣的無奈。」

在飛往倫敦的飛機上，夜更深了！從窗外望去天際之間沉黑悽愴，伊莉莎白・阿桂臉上了無淚痕，心中的一抹殘月，在離開 Asa 和 Makoto 之後，無限思念無限愁，早已延伸佔滿心頭。

PS：PIT（Productivity Improvement Team），是生產力提升團隊，在狙擊車的重整、維修，乃至於出任務時的指揮與運籌帷幄，都是在極「機密等級」的最高警戒範疇，通常被掌握在高層之間的分派任務上。

21.

在黎明的第一道曙光即將迸出的同時，伊莉莎白・阿桂搭乘的班機也許是因為雲層裡醞釀的霧氣太重，飛機先是在空中盤旋多時，約莫一小時以後終於緩緩地降落在倫敦的希思羅機場（London Heathrow International Airport），一抹突然露現的炫目陽光正穿過飛機螺旋的空隙，彷彿散漫的數道相思金線，潑灑在地面，這畫面在霧氣中看起來光怪陸離又詭譎，直映入伊莉莎白・阿桂的眼簾。

未幾丹霞光線逐漸暈散，從飛機窗口望出去，一大半的機場在濃霧中幾近隱沒，卻又彷彿看見了迷失方向的自己；整個倫敦也在朦朧霧色中灰濛難辨。

伊莉莎白・阿桂自己一個人在孤寂的旅程中消度著倫敦清晨逼來的寒氣，幾乎無法承受那「不如歸去」的無限滄桑，對 Makoto 和兒子的思念，顯然已經佔據她整個心靈四處。

她手中握著的紙張上寫明 Alton W. 將會來接機，以及打點自己在倫敦暫時性的隱姓埋名等相關事宜。

經過通關走道後，迎面第一眼瞥見身穿駱駝色風衣男子的背影，心中不禁一震，尚來不及思索的霎那間，那男子輕緩轉身，兩眼相對，四目交接，靈魂深處的驚詫，那千里之遙，竟只是一日行程而已！

曾經的歲月風雨，忍受和經歷的滄桑與紛擾，是一場再也無法掩藏的生命印記，此刻不堪的回顧，一幕幕洶湧地映入眼簾……。

伊莉莎白・阿桂裹足不前，突然萌生徘徊退意，渴望轉頭飛奔歸向 Makoto 和 Asa 身邊……。

22.

伊莉莎白・阿桂在她的專業中，這是第一次面對如此的驚詫和倉皇失措，不論內在與外在均陷入進退維谷的巨大衝擊挑戰，她突然想起了 Makoto 曾經對她細心的交待：「不論發生什麼事，定要記住：一、盡全力保護自己的生命；二、我永遠愛妳和 Asa，此情一生無悔不渝！」

想起 Makoto 的交代，頓時讓她倍感依靠。伊莉莎白・阿桂內心雖然激盪，但是她很清楚人生充滿未知，承載著的是無限的刺激和需要不斷的尋求超越。

她於是決定勇敢的去面對橫亙在眼前的所有難處，包括突然出現的吳振東！

當兩人相互凝視瞬間，「乍見翻疑夢，相悲各問年」的波濤情緒，霎時湧起，千言萬語怎知從何提起？

阿桂毫無選擇地跟隨著 Alton 走進他的座車。沿路上兩人不發一語，他們經過泰晤士河，迂迴地穿越了倫敦的中心，從泰晤士河畔的不同角度，伊莉莎白・阿桂雖然看到了大笨鐘及倫敦眼，期間也經過了查令十字車站（Charing Cross Railway Station）、泰特現代藝術館（Tate Modern）和莎士比亞環球劇院（“Shakespeare’s Globe Theatre”）等著名景點，但是她內心懸念著遠方心愛的 Makoto 和兒子，根本無心眷戀眼前的悠然美景。

「Shad Thames」是一條歷史悠久的河畔鵝卵石街道，位於泰晤士河岸倫敦橋旁，是呈L型的具有濃厚神秘色彩的巷弄，兩側的房子都是以前運河船埠區的老舊倉庫，如今被改建成現在的高級公寓；戶數少，出入的住戶雖不張揚卻仍顯高貴優雅，隱密性極高，每一戶均有遼闊視野。往最底深處的灰白色建築物望去，即是伊莉莎白•阿桂在倫敦的落腳之處，低調卻又充滿高級的細節。

吳振東在為阿桂尋覓居所的時候，時間急促，他想起阿桂從小不曾擁有自己的臥房，吃飯、讀書、睡覺都在廚房完成……。他於是費盡一番心思，安置一個安全性無庸置疑又極度放鬆舒服的雅緻空間，讓她能平靜怡然的度過這一段時光。

Alton終於先開了口：「這兒是妳未來一年隱居的住所，因為時間匆促，不齊的日常所需，再慢慢補上；另外妳可以從每星期四下午的機密會議裡了解到最新的動向，包括妳所有家人的訊息。」

緊接著又說：「附近有一家不錯的德國餐廳，妳應該餓了，我先帶妳去嚐嚐。」

餐廳裡，Alton輕柔地脫下風衣，然後小心翼翼地將它擺放在身旁的座椅上，阿桂目睹Alton的所有動作，赫然發現風衣內裡一個「東」字，那是她利用一個開夜車準備期末考的夜晚，自己親自繡上的。

此時兩人依舊默默無語，吳振東喝了一口水，吸了口氣，彷彿要隱去臉上萬般情緒一般，他深情地喚了一聲：「小玫……」。

PS：Alton W. 是吳振東在倫敦工作時的英文姓名。

23.

一聲情深呼喚，吳振東滿腹情愁地自己先紅了眼眶，十年前兩人濃烈甜蜜的景象漸層清晰穿越，曾經年少的情懷瞬間躍動加溫呈現……，奈何時光流淌，一直躲藏在心底深處的那份摯愛，雖然歷久旎新，卻在生命的翻騰中，必需深埋。

「我……目前的任務還需要四個月的時間來完成，之後會請令暫時撤換工作地點，離開倫敦。」吳振東憶昔思今的緩緩開口說道。

「我會照顧好自己，你不必在意過去的事，也不需要因為我而離開倫敦，我現在的生活很平和寧靜。十年的時間不算短，酸甜百味我們都已經經歷，這些應該讓我們更趨成熟才是。具有專業的工作態度已經成為比過去的那些兒女情長更重要了！」

阿桂的冷靜睿智成熟讓吳振東雖詫異卻又百感交集。

他十年來的孤單寂寞，相思無邊，在面對經過淬煉之後的阿桂，吳振東猛然發覺，阿桂其實根本未曾離開過他的心房，如今重逢再見，所有的期盼儼然都成為奢望。

於是他幾近自言自語地說著：「我渴望有來生，能牽起妳的手，與妳終生相愛不離。」

伊莉莎白・阿桂望著吳振東，認他所言是真，於是便開口問了他：「你當年為何不告而別？」

嘆了一聲氣息，吳振東猶豫了一下，還是回答了阿桂：「那時家裡的事業突然受到監控，在離開的前一天晚上，我收到命令『儘速離開，包括離開白玫桂』。」

吳振東開了話夾子，彷彿把濕冷的記憶重新溫暖打熱一遍的繼續說：「當時我知道家族的生意已被官方盯梢。我可以放棄家族的一切，但是我不能讓妳陷於危險困境，事情很複雜，大致上就是這樣，我必需連夜馬上離開妳！離開日常的生活環境。」

一直望著吳振東的阿桂，未發隻字言語，約莫過了五、六分鐘，她緩緩地站起身來，緩緩地緩緩地離開餐廳，向著L型的 Shad Thames 巷弄移去，毫無方向又不自覺的走入泰晤士河岸，此時太陽西下，華燈乍現，伊莉莎白・阿桂望向河面上平靜的折射波光，卻無法控制內心的跳蕩懸浮……。

24.

都說時間是痛苦的最佳治療劑和解藥，無助的阿桂以為和吳振東已經事過境遷，再無波瀾，可以依平常心去面對他；沒想到他當時的突然離開，竟是和自己的生命安危攸關，甚至連畢業典禮都放棄出席，匆忙成行……。

再沒有什麼時候比此時此刻更無法原諒自己當時的無知膚淺，否則帶著Asa，再苦再累再委屈，她都會靜待吳振東歸來，再無可能去接受任何人的情愛。

接連幾個星期，阿桂除了例行工作，她完全封閉自己，麻痺自己，腐蝕自己，銷毀自己。

吳振東這廂他了解阿桂已經有了自己的家庭，他後悔至極自己那天說了過多的話語，惹得阿桂這麼痛苦難當，自己實在太不應該叨擾阿桂平靜的生活。

他決定不再出現在阿桂的面前，真心祝福阿桂一生美滿幸福。

阿桂知道 Makoto 把 Asa 照顧的很好，是一位一百分的好爸爸；另一方面，她想到如果吳振東知道 Asa 是他的親生兒子，是否依然能夠平靜祝福他們一家三口幸福美滿？

她想起了兒子，想起吳振東對她的用情至深，想起 Makoto 對他們母子的愛和付出，她感到自己彷彿要窒息了！

一個寂靜的暖冬午後，伊莉莎白・阿桂拉開窗簾，陽光從窗間灑入滿室金黃，書桌上的電腦傳來一封 E-mail，荷蘭有一項緊急任務，需要人手，阿桂因為是在躲避身份期間，她可以選擇拒絕出行任務，加上這是一個極度困難，危險性也極高的出擊行動，她思索了幾分鐘之後，傳給了發信者「接受挑戰」的回覆。

25.

伊莉莎白・阿桂對於在任務執行時刻的「錯誤糾正能力」，有口皆碑，常常讓嫌疑犯在她面前束手就擒。因此也屢屢在高層之間立下汗馬功勞，她支援的出勤任務，總是有很多的支持和提供最多元化的協助，她的上司知道，上司的上司也了解，但他們都保持緘默的心照不宣。因此她的官階也節節攀升，這是一個以實力博取成績的團隊。

這次阿姆斯特丹的毒品緝拿狙擊行動，詭異多端又危機四伏，挑戰與危險性更是吉凶難料。

吳振東在讀到阿桂的「接受挑戰」回覆之際，他以伊莉莎白・阿桂的上司之一，曾勸她慎思，不料阿桂回覆給吳振東：「依你的專業，最大的挑戰和突破在於選擇用人；而用人最大的突破存在於信任！每一個新的挑戰對我而言，都在鍛鍊我堅定的意志力和品格的提升，我不是偉大的人，但我有迎接巨大挑戰的能力和信心！」

讀了她的回覆，吳振東更加尊重阿桂，明白自己這一生對阿桂再不會有悲歡離合的侷限和處境，因為阿桂早已經是任何人無法取代的裏嵌在他的靈魂深處和生命歲月裡了！

經過三天的奮戰，這一次以伊莉莎白・阿桂為群首的任務，矯捷成功傳來捷報！阿桂卻依然一貫地低調不張揚，不接受任何表彰和喝采。

她極其思念 Makoto 和 Asa，工作時她擺上極度的專業態度和冷靜思維，當結束工作，她需要恬然獨處，讓一脈的心香，直入心靈……。

26.

伊莉莎白・阿桂盡力在工作上力求表現和突破，她發現自己必需從十年前那無知的罪惡感中平息下來。

想起愛不逢時的吳振東，如今雖然柔腸百轉，毫無懸念儼然成為她內心深處的自我期待；家庭圓滿才是她在紅塵人世間的唯一企盼！

吳振東對阿桂始終保持著遠距離的關愛，這樣更襯托出他來自優雅的教養。

阿桂與吳振東之間錯過的愛情，對吳振東而言，是曾經滄海難為水，弱水三千，只取一瓢飲；而阿桂這方在身心靈上的膠著忐忑和打擊，其實早已超越吳振東內心的掙扎和磨難。

伊莉莎白・阿桂在倫敦的生活步調慢慢步入軌道，平息下來。她正逐步計畫能夠早日回到 Makoto 和 Asa 身邊，重享甜蜜的天倫生活。

百般思考之後，伊莉莎白・阿桂不想讓自己永遠陷在漩渦之中打轉，她必需破釜沉舟，置之死地而後生的活出自己！這次在倫敦與吳振東兩人驀然相逢，經過自己的好奇詢問，吳振東當時匆促之間，全然是為了保護自己而突然離開⋯。如今縱使猶有情真意切，無奈情愛必需翻篇，那無人可以訴說與傾聽的孤獨，於是成為她一生的選擇！

每當想起吳振東的行孤影單，自己卻再也無法陪他走一段人生歲月，這樣的淒涼，淚水不盡，無奈而刻骨，如此的心緒徘徊在多少個未能入寢的夜晚⋯⋯。

常常陷入沉思的伊莉莎白．阿桂，心中雖然已經篤定方向，但是每逢一想到⋯⋯當吳振東知道Asa的身份時，將要如何面對這不在意料之中的親子關係？

這個問題給阿桂帶來的困擾程度，彷彿回到當初她自己一人面對未婚懷孕的無助⋯⋯。

27.

歸心似箭的伊莉莎白・阿桂不斷的試圖藉著全心投入在工作上的忙碌來減緩思念 Makoto 和兒子的心情，她終於獲得一個在第三國與他們見面的機會。

在離開倫敦的前四十八小時，伊莉莎白・阿桂再次接獲通知，因為被她在美國狙擊打敗的毒梟團隊已被美方充份控制擊敗，無一大小嫌犯逍遙法外。伊莉莎白・阿桂目前已無人身安全的疑慮，因此不需藉著到第三國去與家人見面，美方歡迎她儘速回美與家人團聚。

這突如其來的大好消息，任憑一向慣於保持冷靜態度的伊莉莎白・阿桂，仍然激動雀躍，思念家人的心，終於一時瓦解。

「東，我一切已安全，並即將回美與家人團聚，感謝我在倫敦期間你或實際或遠距離的關懷。離別，不會讓愛情空蕩沉澱，那些曾經擁有的美麗畫面，我已經蟄伏烙印……。我們愛不逢時，錯過，雖然遺憾，但曾經一起編織的記憶斐頁，永遠無法抹滅，我已一生珍藏……。　玫桂」

「小玫，請記住我的叮嚀：妳一定要幸福！　東」

阿桂淚水滿襟的一邊收拾行囊，一邊想起給 Makoto 和 Asa 買些禮物，於是她利用有限的空檔時間外出 Harrods 百貨公司精心挑選。

當她購物結束即將離開百貨公司之前，也想為自己留下在倫敦生活的些許片段記憶，於是來到多重選擇的美食樓層第五樓，放鬆即將回家的愉悅心情。

當她走到「Fendi Café」門口，突然有人從咖啡館內快速地走出來打招呼，一見是彼得，原來此刻他也在倫敦，因許久未見又不期而遇，於是便接受彼得邀請入內敘舊。

PS：彼得是美國人，也是美方派去世界各地網羅密探情報人員的經紀人，曾在阿桂大學時代打工的英文書店裡出沒。吳振東是彼得當時為了拯救吳家家族的政治事業，而必需投入的團隊一員，之後阿桂也被吸收。

PPS：「Harrods」是倫敦高檔又古老的哈洛德百貨公司。

28.

當伊莉莎白・阿桂跟隨著彼得走進咖啡館內，赫然發現原來彼得是和吳振東約在此相聚，她馬上機靈想到彼得和 Makoto 是唯一知道她未婚懷孕的二個人，難道彼得已經對吳振東托盤而出這陳年舊事？

當下伊莉莎白・阿桂便決定見機行事，於是坐下來，點了一杯咖啡。三個人曾是舊識，卻在多年後在倫敦巧遇相逢。

「一切都準備好了嗎？」吳振東首先對著伊莉莎白・阿桂率先開了口。

「嗯！都就緒了！」

「時間飛逝，我們認識已經超過十年了！來！為我們的十年喝第一口咖啡，第二口為我們的下一個十年！」彼得輕鬆的對著兩人說道。

東拉西扯的閒聊，期間也象徵性的談了一些與工作有關的情報，但是事關敏感，在公共場所只能隱晦帶過。

接著伊莉莎白・阿桂明白了原來吳振東與彼得也只是約見面敘舊罷了！她依專業的面部神情，肢體語言等為依據來判斷彼得和吳振東之間互動的內容，彼得應該是沒有告訴吳振東關於 Asa 的出生細節。

後來彼得感到氣氛有些尷尬沉悶，想了一下，覺得還是把時間留給吳振東和伊莉莎白・阿桂，於是便抱歉先行離去。

「小玫……」吳振東深情又輕聲的喚著伊莉莎白・阿桂的小名，這一輕聲呼喚，伊莉莎白・阿桂回望的是一雙淚眼，強忍著的淚水、內心的悸動、苦澀的過往情緒，一時之間排山倒海撲面而來，在她的生命裡，只有吳振東喊她小玫！

「請不要往下說，我承擔不起這樣的重……。」

「妳一定一定要幸福，否則我不會放過妳！我知道 Makoto 非常愛妳，妳也愛他；妳我雖曾愛戀卻嘆造化弄人……。這些漂泊無奈，就是人生！

我所有的期待和祝福，就是妳一定要幸福！能夠心滿的愛妳，這是我人生最快樂，最隨心所欲又沒有羈絆的滿意滿足。」

這個時候，伊莉莎白・阿桂想起了 Makoto 曾經對她說的：「我愛妳！妳隨意……」

29.

夕陽斜射，從泰晤士河反射出來的波光粼粼，發現晚霞彷彿是從河面慢慢地浮出，燦爛炫目。伊莉莎白・阿桂和吳振東一路沿著河岸信步走到了「Shad Thames」巷弄，終於停在伊莉莎白・阿桂的公寓入口……。

「妳能邀請我進去妳的公寓喝一杯妳親手調製的維也納咖啡嗎？」吳振東鼓起勇氣溫柔禮貌又充滿試探性的詢問著伊莉莎白・阿桂。

「嗯！我一直還沒謝謝你這麼精心地為我挑選在倫敦的居處，住在這兒我很滿意開心，也很安全放鬆，邀請你上來喝一杯是應該的。好！為我們曾經的相愛，為我們即將各奔的前程，不知是否能有這份榮幸邀請我的上司老闆喝一杯我親自調煮的好咖啡呢？」伊莉莎白・阿桂促狹地對著吳振東喃喃道來。

就在伊莉莎白・阿桂烹煮咖啡之際，她不經意地發現吳振東正仔細地端詳著書桌上的全家福照片。

她隨即有意地喊了一聲：「你還是喜歡以前的濃度嗎？」

並刻意地以她的身體背面擋去了照片。

「妳兒子長得有一雙像妳一樣慧黠的眼神，和看起來很淘氣的笑容。」

伊莉莎白・阿桂冷靜又技巧的回了一聲：「嗯！他比較像爸爸！」

吳振東是伊莉莎白・阿桂在倫敦的直屬上司的上司，他受過的訓練只會比伊莉莎白・阿桂更細膩、透徹和專業，看見阿桂眼神閃爍之間，他有一些……有一些似乎是沖擊灌頂的閃動一掃而過，卻又隨即平靜，告訴自己，要真心祝福眼前的這位一生所愛……。

屋內空間宣洩流淌著英國作曲家愛德華・埃爾加（Edward Elgar）「愛的禮讚」（Salut d'Amour）的浪漫樂音，情境與音樂融合的氤氳氛圍，兩人雖有情不自禁，卻都謹守住了本份和優雅，他們輕鬆地聊過往，也談起了阿郎和美津這一對好朋友，阿桂詢問了他們的近況之後，彷彿搭上時光機，把她帶回到年輕時的白玫桂模樣，冰雪聰明、善良、淘氣和善解人意，這也是最令吳振東陶醉著迷的白玫桂模樣。

吳振東幾乎是把這一杯維也納咖啡視為人間珍品的仔細品嚐著，二個小時以後，他心滿意足地起身告辭，阿桂送他到門口，對著吳振東，阿桂溫柔說道：「我答應你我一定會幸福，請你也一定要快樂！往事並不如煙，從此我們一別難再見，願我們都能安好歡喜，用心去品嚐各自的人生百味。」

「好！我們一言為定！」

吳振東往前挪了一步，擁抱阿桂，算是一次深情的告別，阿桂在吳振東懷裡，當淚水即將淌下之前，她輕輕地一轉身，把吳振東和屬於兩人之間的萬般情愁與繽紛印記，悉數留在輕輕關上的門外……。

30.

飛機緩緩地降落在華盛頓特區的杜勒斯機場（Washington DullesInternational Airport），伊莉莎白・阿桂從慢慢滑行的機窗望出去，黃昏的夕陽與渲染開的晚霞交互輝映，期間不過十來分鐘的光景，霞光漸暗而淡，很快便淹沒在雲層裡，接續的是初上的華燈閃爍，這番景色情境，惹得伊莉莎白・阿桂想起以前總也是在黃昏的日落時刻，無端想起自己未曾認識的親生父母。

此時阿桂內心翻騰不已，想念兒子和 Makoto，想念起養父母及弟弟彬彬……。

當機門打開，伊莉莎白・阿桂被禮遇經由快速通關入境 Washington D. C.，接機的是單位親派的二位安全人員，伊莉莎白・阿桂歸心似箭，回家的路程雖有疲憊，卻是滿心雀躍，人生跌宕起伏，她突然感覺所有的努力付出和深刻經歷都是值得的！

家門打開，父子兩人含淚相迎，當他們三人熱烈深情擁抱，人生的幸福，只願時間從此停擺在此刻，毋需追尋其它的更美好！

回到 Washington D. C. 的日子，伊莉莎白・阿桂恢復了昔日的開朗熱情，工作、家庭的忙碌，與

Makoto 的恩愛甜蜜，她真是幸福的讓人捨不得干擾，深怕一驚動，就會打擾到她靜謐安好的生活和歲月。

依稀看到 Asa 才與阿桂一般高，未幾發現已經高過媽咪了！Asa 是滑雪好手，為了出席一場冬季友誼賽，他們一家三口來到了北海道參賽。

伊莉莎白・阿桂在飯店房間裡升起了火，溫了一壺清酒，趁著只有兩人相處之際，酒酣之後，她第一次對著 Makoto 提起了吳振東……

「我在倫敦的期間，見到了 Asa 的親生爸爸。」

「這是很自然的事，請妳不要放在心上。」大氣的 Makoto 有意避及卻又體貼溫和的回答著伊莉莎白・阿桂。

「你為何從來不問我任何與 Asa 身世有關的事？」

「我說過，我愛妳！妳隨意！那我又為什麼要在乎我們相遇之前的事呢？這是我的真心真意，感情是要讓對方沒有壓力和包袱，否則我要如何讓自己也能輕輕鬆鬆的愛妳，與妳愉悅相愛？」

阿桂溫柔地望著 Makoto，然後慢慢地把視線轉向窗外那一片蒼茫大地……。

碎雪紛飛飄渺，彷彿她極其潔淨的內心，不再受到驚擾，反而感到前所未有的平靜祥和。

31.

歲月無憂，愛情相伴，工作順利的 Makoto 和阿桂一家三口過上了幸福平靜而且低調的家庭生活，他們不論在精神或物質層面都豐盈富足，三人常在週末到孤兒院輔導院童及策劃活動，這些都是他們工作之外的生活重心及寄託。

這一次遠赴日本北海道旅遊，除了 Asa 的滑雪友誼賽是主要原因之一，另外一個主要目的是因為伊莉莎白・阿桂約在一年半以前出任務時，眼部遭受敵方撞擊發生意外，經過手術及繁瑣的術後追蹤治療結束之後的第一次遠行；她的視力已經恢復，可以正常工作。

滑雪友誼比賽結束，他們繼續著一星期的假期留在北海道遊玩，Asa 幾乎天天與朋友滑雪歡樂；伊莉莎白・阿桂則常常對著雪白蒼茫大地，想起捐贈眼角膜給她的恩人，只知道對方是男性，透過特務的特例關係在醫院完成活體捐獻，其它訊息一無洞悉。

Makoto 與伊莉莎白・阿桂曾經多次懇請以捐贈人的名義成立兒童基金，均被對方婉謝，只透過院方回覆：「請以他人名義幫助更多的兒童。」

很快一星期的假期即將結束，他們在北海道的新千歲機場（New Chitose Airport）準備飛到東京轉機回美，當伊莉莎白・阿桂在登機之前從洗手間走出來，突然聽到一聲：「阿桂！」從側面傳來的呼喚。轉頭一看，赫然發現是⋯⋯

「阿郎！」伊莉莎白・阿桂滿懷驚喜地回喊著。

「阿桂！怎麼會是妳？妳怎麼會在這兒呢？」這時美津也從女士洗手間走出來驚呼著，三個大學時期的好朋友竟然於十八年後在異地重逢，他鄉遇故知的歡騰欣喜，讓他們雀躍激動不已。

「阿桂！妳過得好嗎？」美津充滿關懷之情的問著。

「我都好都好！你們也一切都平安無恙嗎？」

這時候，Asa出現了！「媽咪！要登機了！我們在等妳呢！」Asa他特地趕來叮嚀媽咪快快登機。

「哦！這是我兒子Asa！」伊莉莎白・阿桂對著美津與阿郎介紹Asa。

隨即馬上又轉身對著Asa說：「Asa，這二位叔叔和阿姨是媽咪唸書時最好的朋友。」

Asa一貫的良好家教和禮貌的打過招呼，阿桂隨即與他準備轉身離開，美津於是在匆忙之間問阿桂：

「我們留下資料，以後要常聯絡。」

「別！讓我們期待下次的不期而遇吧！」

「妳知道吳振東的事情嗎？」美津望著阿桂和兒子終於淹沒在機場的人群裡，她對著阿桂喊了一句和吳振東有關的話，而已經漫入人群的阿桂，依然聽見了。

32.

回到美國的伊莉莎白・阿桂一家猶如往昔般的各自忙碌，唯每逢安靜下來，阿桂總是感覺聽見從遠方傳來美津的呼喊「妳知道吳振東的事嗎？」

下意識裡，不！應該說可能吳振東出事了！因為美津不是那種誇張八掛的女性，她一定是想告訴自己吳振東出了什麼事⁉阿桂後悔沒有留下美津他們夫妻的聯絡資料，她的一無所知，更讓她感到不平安。

想起一年多前自己因公眼睛受傷住院，弟弟彬彬曾經專程飛來探望姊姊，期間他曾問姊姊是否有吳振東的消息？莫非那個時候吳振東就已經出事？她越想就越覺得不尋常，越不放心。

她終於想到了唯一有可能了解內情的彼得，於是給彼得提筆詢問，卻驚訝彼得竟然異於往昔立刻回覆的習性，一星期已過，卻尚無捎來回覆的隻字片語，這下伊莉莎白・阿桂更急了，正準備去函再次詢問，而彼得終於回覆：

「親愛的伊莉莎白，我考慮良久良久，原諒我決定背棄對 Alton 的承諾……，Alton 左眼的眼角膜，已經在妳的眼睛裡。　彼得」

阿桂沒有了言語，她的視線在眼睛瞳孔的一睜一閉之間，滲透的淚水模糊了她心中吳振東的臉龐。

她的視線經由清晰轉為模糊，淚水波痕有如汪洋，她無法想像失去一眼光明的吳振東如何工作？如何正常生活？當他想念她的時候，如何排遣內心的孤寂？

她漸漸不哭了！內心的不捨和傷痛幾乎是她前所未有無法承載之重，這一段時間，她沒有與任何人談起與吳振東有關的任何事，這樣表面上看來，伊莉莎白．阿桂的平靜似乎是好事，不是嗎？

33.

伊莉莎白・阿桂始終深信「當上帝為你關了一道門，祂同時會再為你開啟另一扇窗」的信心，就像她出生即被親生父母拋棄，然而她也存活下來了！她多麼感恩養父母的養育之恩以及在她生命中曾經對她伸出援手幫助過她的所有恩人。

而吳振東對阿桂的愛很顯然已超越他自己，阿桂必需沉著的思考這一切的情愛細節，她要如何去面對她自己雪亮的靈魂之窗，竟是吳振東用他自己的光明換來的這樣的爾後人生？

一段時間以來，Makoto 其實不難發現阿桂心事重重，他雖不知道原因卻也不問為什麼？只是極其尊重地盡量給予伊莉莎白・阿桂更多的獨處時光。

一個不上班的週末悠閒清晨，Washington D. C. 飄起了迷迷濛濛霧氣繚繞的細雨，那千里煙波像極了倫敦的天氣……。

「Makoto，我已經知道是誰捐出眼角膜給我。」

Makoto 一時驚喜說道：「太好了！我們一定得要好好答謝對方，妳說是誰呢？」

阿桂頓時蒼黛凝重，一口深呼吸長嘆之後，她緩緩地說：「是Asa的親生爸爸！」

薄霧漸漸淡去，有如輕煙飄忽而過，兩人無聲無語，客廳音響正流洩著貝多芬C小調第八號鋼琴奏鳴曲「悲愴」的第二樂章如歌的慢板，好似呼應著伊莉莎白・阿桂那也是悲悵的人生曲調。

三個小時以後，Makoto從書房走了出來，他說：「親愛的！雖然我不清楚你們當初分開的原因，但我終於了解他一定是有高尚品德又愛妳至深的男士，妳應該在他身邊親自讓他了解妳的感懷，我將支持妳的任何決定。」

「我沒有任何決定，人生坎坎坷坷乍暖還寒，他的慷慨捐獻眼角膜雖然讓我無限感動，但是你我的愛才是完整的，我們有Asa，這是一個甜蜜的家；他和我愛不逢時，在時間的軌道中，這份愛只能隨風搖曳，淡看浮沉……。我謝謝你的信任並支持我親自去探望他！」

34.

倫敦的氣候依然多霧陰霾，「Katenjammers」是隱藏座落在倫敦橋一個不起眼的德國餐廳，這兒提供最好的德國美食、啤酒和現場音樂，低調的外觀依然顯示著與眾不同的簡樸典雅。

伊莉莎白・阿桂與吳振東浮雲一別後，彷彿隔世的在此見面，兩人默然無語。見上吳振東，阿桂慢慢兒淚如汪洋，許久以後，她伸手溫柔地撫摸吳振東的眼簾，縈迴在心窩的心痛難捨，早已潰堤難擋……。

「你為何不從你心頭把我抽離？」

「小玫，妳不要這麼難過，眼角膜因為沒有血管，屬於「免疫赦免」的手術，何況這二年來我適應的生活沒有受到任何影響，外表也看不出來有任何缺陷，何況……何況當初如果不是因為我的不告而別，妳就不會從事特務工作，也不會面對失明的意外。」

停頓了一下，吳振東若有所思的繼續說著：「我算是第一時間就知道妳因為任務出了意外，情急之下，我火速把倫敦的工作安排妥當，直奔醫院，在那兒我遇見了彬彬，他比我更早趕到醫院。」

「對的，家人非常焦急，爸爸催促他來看我。」

「妳知道他飛來探視你最大的目的是什麼嗎？他決定捐出單支眼角膜給妳！」稍微停歇，吳振東繼續訴說：「後來因為他近視度數太深，又非特務人員，並不適合做活體捐贈，被醫院拒絕了！」

記憶回到二年前約翰・霍普金斯醫院（The Johns Hopkins Hospital）的長廊，吳振東與彬彬兩人因為從不同的地方飛來探視阿桂而在醫院相遇。

「謝謝你飛來看姊姊。姊姊一生太苦了！我好心疼不捨。」

「沒想到你這麼快就飛來。彬彬，我能請問你想要捐出眼角膜給阿桂的主要理由嗎？」

「因為……我們都愛她！」

吳振東良久不語。

聽完吳振東的敘述，阿桂一時瞭然於心，大學時期她天生的善解人意曾經發現彬彬對自己的手足之情似乎多了層面紗，但是阿桂有一些刻意地沒讓這件事情醞釀發酵。

「在彬彬面前，我覺得他的愛如此龐大又幾近無邪，我真心覺得自己的渺小。」吳振東對著阿桂闡述了自己的心聲。

阿桂非常了解吳振東，他在飛來探視她之前一定就已經做好決定要捐出眼角膜給她，並透過特務的多層關係，被允許活體捐贈；沒想到彬彬竟然先一步抵達醫院。

伊莉莎白・阿桂身心疲憊至極，想起自己生命裡所擁有的「珍愛」，早已經超越被親生父母拋棄的滄桑不堪。

35.

一個多月以來，伊莉莎白・阿桂會依時陪著吳振東漫步於泰晤士河畔，落日晚霞餘暉總是拉長了兩人的身影，生活中的悲歡離合，彷彿倫敦飄蕩的雲霧，擦肩即已蒼茫；兩人一起看著天色漸暗，夕陽漸遠漸小，直到最後的燦爛鋪蓋天邊，隱約地沒入地平線……。

他們常常是不言不語，但是溫暖寧靜的相伴，有若斑駁的浮光掠影，貫穿兩人心深處，讓多少次夢縈魂牽的思念，在此刻變得真切動人。

雖然挽留不住歲月時光，吳振東卻留住了對伊莉莎白・阿桂的一生愛戀，對他而言，那足夠刻劃他一生一世的幸福滿足。

除了河畔散步，阿桂還會陪伴吳振東到健身房運動，上超市買菜，逛街購物……等，她必需確定吳振東萬無一失的能夠自由自在的單獨生活行動和工作，這是她對吳振東唯一能做的安心妥善安排。

散步之後，他們會找一家低調的餐廳一起共餐，這天吳振東開口了：「明明多年已過，我卻依然戒不掉對妳的眷戀，唸書時妳在書店打工，那清澈洋溢青春的笑容，和一雙慧黠促狹的眼神，直到現在，我依然清晰記得，而現在我有機會在的妳眼神裡看見持續的光芒，讓我感到幸福滿足。」

吳振東接著又說：

「我未曾奢望這一生還能有機會與妳共度朝陽晚霞的時光，很感動 Makoto 對妳的深愛信任和對我的仁慈，這樣讓我對妳很放心，妳一定會幸福！」

伊莉莎白・阿桂有幾次幾乎要對吳振東脫口說出 Asa 的身世，但是她總想到這件事必需要尊重 Makoto，應該要先與 Makoto 商量過後再決定說出與否；Makoto 疼愛 Asa 如己出，要說出 Asa 的身世，對吳振東、Makoto 或是 Asa 而言，都是困難的事。

「我眼睛最美麗的是滲透著你的亮光，歲月流動，而我們的情誼是一生一世嚷嵌入髓，東東！原諒我這一生無法對你承諾。」

「我真的很滿足擁有妳的愛。冬季天寒，Makoto 和妳兒子一定盼望著妳早些回家，我一切早已經適應並就緒安好，請不要掛念。不管以後我們是否再相見，妳這一次的陪伴，我已經非常知足幸福，也將成為我未來想念妳的時候的回憶陪伴……。」

窗外燈火旖旎，雖有薄霧輕拂，卻依然有著沉靜的壯觀，彷彿阿桂和吳振東不滅的情誼，絢爛而熾熱……。

36.

「東，星期二晚上的班機我將離開倫敦，我的公寓已退租。你給予的愛，早已豐富我一生的身心靈；相愛無遠近，此後別去，無盡相思說不出，不必相送勝別離……。對你唯一承諾——我一定會幸福！你也一定要快樂！這樣我們便同時擁有彼此的〈幸福快樂〉。錯過的，讓它沉醉……。　小玫」

「小玫，妳一定幸福，我就一定快樂！這是一個愛的循環！不必相送勝別離，妳好好兒的珍重自己。這愛的循環由妳掌握，妳幸福，我就快樂。　東」

暖意攀升，Washington D. C. 的氣候依時漸序的入春和暖，這一天他們接到 Asa 申請波士頓 H 大學的入學通知，全家笑語同歡，Asa 更是瘋狂雀躍，他感到終於有機會可以燃燒自己的夢想，成為不滅的炙熱火焰。

「我覺得妳是不是要通知 Alton？」Makoto 真心的問著伊莉莎白・阿桂。

「這事我得和你商量，我尊重你的看法和決定。」

「我覺得至少應該讓 Alton 了解他和 Asa 的血緣關係；至於是否讓 Asa 知悉內情，我們都該尊重 Alton。」Makoto 緊接著似有所思的繼續說著：「Asa 即將獨立離開家上大學了！我非常珍惜妳和 Asa 與我相守二十年的光陰，讓我充份地享受家庭的溫暖，比起 Alton 對妳的愛，我對妳的愛太渺小，甚至連彬彬都不如。Alton 需要妳長期的陪伴照顧……。」

伊莉莎白・阿桂難得的打斷 Makoto，說：「你是怎樣？對你而言，我就像是一件物品是嗎？一定要捐贈眼角膜給我才算是愛的偉大？好啊！我再弄瞎另外一隻眼睛，讓你有機會捐給我眼角膜，所以你的愛將不再渺小。」

伊莉莎白・阿桂難得的情緒接近歇斯底里。

「我告訴你，在你之前，我是和 Alton 很相愛過，但是我們愛不逢時，我不會沉醉不醒！我愛你，和任何人任何事都毫無關聯，是你的人品，你的暖心，你的善良機智，還有……，還有你是 Asa 最愛的 Daddy，你到底懂不懂？」伊莉莎白・阿桂掩面吞聲飲泣，百感煎熬，歷盡風霜，竟不知歸向？

Makoto 摟著激動哭泣的伊莉莎白・阿桂，他輕聲溫柔地訴說：「我愛妳，妳隨意，無論世事多少難處，妳早已緊貼在我的生命裡。」

37.

伊莉莎白・阿桂和 Makoto 在 Washington D.C. 的生活，珍惜彼此，平靜又規律。

每當她自己安靜獨處之際，偶爾想起吳振東所提及的「愛的循環」，這讓她更加珍惜自己所擁有的，也警惕自己不可負了吳振東的叮嚀。

倫敦難得的出現了晴朗的天氣，阿郎和美津利用到德國做秀展出的機會，特意抽出幾天的時間順道探望在倫敦的吳振東。

他們三人開心歡聚，吳振東竭盡地主之誼，闊氣的招待這一對最親密的好朋友夫妻。

這一晚，三位笑談人生的惆悵和歡愉，意猶未盡酒酣耳熱之下，美津率先開了口：

「振東！我們曾經在北海道的機場遇見阿桂和她兒子。」美津冷不防地突然提到了他們三個人共處時都刻意迴避不提起的阿桂。

「美津，妳不要八掛。」阿郎急切地要阻止美津往下說；然而美津不理，她覺得依正義的角度而言，她必需要提出來，否則太對不起吳振東了！

「振東，你到美國是否曾見到阿桂的家人？」

「我只有見到彬彬，連阿桂都沒見上一面。」

「我們在機場見到阿桂的兒子，雖然只有驚鴻一瞥，但是我很震驚！」

「美津，妳喝多了，妳快回房間休息啦！」

「你不要管我！」美津轉向吳振東繼續說：「振東，我們這麼多年的相交知己，何況年紀也大了，你坦白告訴我們，畢業之前你和阿桂是否有過親蜜關係？」

猶如醍醐灌頂一般，吳振東已經明瞭了美津話語裡所隱晦的含意！

突然之間他想起在伊莉莎白・阿桂第一次要離開倫敦的前一晚，在「Shad Thames」公寓內書桌上見到的那一張全家福照片，他記得他在阿桂面前提起她兒子有著和媽咪一樣燦爛慧黠的笑容時，阿桂似乎緊張的用身體有意遮去照片，當時他的確也有些震撼，但是馬上一掃而過，因為他沒有其它的選擇，他一心一意只希望阿桂一生都能擁有不被驚擾的單純幸福！

「沒有，我們沒有親蜜關係。」為了全力捍衛和不驚動伊莉莎白・阿桂的平靜生活，吳振東在二位好朋友面前心虛的撒了謊！

多少淒涼多少愁悶，他需要自己安靜沉澱。

38.

多年好友歡聚的時光彷彿一場流動的宴席，夢幻難忘。嘆歲月不語，韶光易逝，令三人不勝唏噓。臨走之前吳振東與他們夫妻倆約好來年將回家鄉歡聚。

美津和阿郎這次造訪所帶來的震盪，令吳振東突然發覺其實阿桂離他似遠還近，他激動的不是自己在這世上可能有個兒子，而是想到如果美津的推論正確，那麼阿桂在當時要如何獨自一人承擔這所有的憂愁和責難？他不禁不禁地感到心痛難抑，想到自己的萬般柔情，卻導致阿桂「為誰風露猶不知情何在」的難堪？當時的她除了遙遠，一無所有，而她又如何勇敢地生下兒子重新活過來？聽美津提起阿桂在自己離開之後，也隨即休學失去蹤影，難道這是為什麼她選擇到美國接受特務訓練的主要原因？吳振東突然想起了彼得是引薦阿桂這份工作的經紀人，那麼他一定清楚細節，無限悲涼的心頭重負，雖然風雲洶湧，卻又感到自己的無力與脆弱。

吳振東經過沉澱深思熟慮之後，他決定不詢問彼得，不追根究底，一切以阿桂的幸福靜好為首要，他將不驚動也不好奇，阿桂和 Makoto 是一對優質的父母，他們的兒子也很幸福，這才是生命力延續的重點，不是嗎？

對自己而言，深愛是一種能力，而自己竟能擁有這份深愛的力量，他願意一生守候著對阿桂的愛而無悔！這樣的決定之後，讓吳振東感到平靜祥和，人生再無缺憾。

Asa 上了大學，伊莉莎白・阿桂除了在各機場特攻隊的支援工作之外，她有了更多的時間陪伴孤兒院的院童們，這些讓她對生命感到充實、平靜和滿足；而 Makoto 的主要工作還是在家族的汽車事業上，兒子離開家以後，Makoto 似乎也更忙碌了！

「親愛的，我伯父年紀已大，他很期待在他晚年期間我能回日本掌管業務，我考慮回日本，美國這兒的業績很穩定，妳的能力讓我很放心。」

「你計畫我們分開居住在日本和美國是嗎？？我認為這樣不妥，我再工作二年就計劃停職了！那時候我再陪你一起回到日本好嗎？」

「恐怕伯父無法等待太久；沒關係，我先回去，妳停職以後我們再視情況決定吧！」Makoto 有意的要離開伊莉莎白・阿桂的心思似乎是經過了考慮和安排，並非倉促之下決定的。

39.

Makoto的心意，伊莉莎白・阿桂當然是瞭解的，但是她不動聲色，內心卻是自有其一番的盤算。

吳振東和Makoto兩位紳士雖相互不曾謀面，卻都為伊莉莎白・阿桂而願意彼此成全。

伊莉莎白・阿桂自然清新，凡事不做作又正直不阿，她不利用Makoto的權貴財勢，不但自給自足慶有餘，還能分享做公益；更是不在吳振東面前傾吐過往委屈，她勇敢堅強，聰明善良又獨立自主，是令人激賞的全方位女性！

「如果你堅持最近要回日本是因為業務所需，我將提前停職，或是申請到亞洲工作的可能性，我想要陪伴在你身旁；如果是因為其它不應該存在的原因，我計畫讓Asa瞭解一切原委，由他來做決定我們一家三口未來的動向。」

伊莉莎白・阿桂在海邊的度假屋裡和Makoto商討了起來，她這麼說是因為她很有信心Asa會選擇眷戀這屬於他們一家三人單純的幸福甜蜜！

「親愛的，我們一直沒有完成結婚登記，不是因為我愛妳不深，而是因為我了解妳絕不是隨意不尊重自己或他人的女性。妳未婚卻懷上Asa，必定是存在著無法克服的原因和理由，當時我深深被妳吸引，一心一意只想好好陪伴照顧妳和Baby，但我內心潛意識裡總是感覺有一天，Asa的爸爸會出現，如果我們沒有婚姻關係，當Asa爸爸出現的時候，事情就會單純一些。」

Makoto之前未曾提及此事，現在倒讓伊莉莎白・阿桂恍然大悟他未曾與自己討論過婚約一事的原委。

她無法理解為何Makoto對自己愛得如此深不可測？

「結婚登記與否不代表我對一份感情的期待與結果，我更看重我們是否相愛、是否心靈合一，相濡以沫？還有我自己是不是你夠優秀的人生伴侶？在離開倫敦之前我曾經對Alton有過一定要幸福的承諾，如果你離開我，我將失去幸福，也破壞了我對Alton的承諾。」

這個難題，並沒有影響伊莉莎白・阿桂和Makoto兩人的日常感情，他們在幾天的假期中享受如行雲流水般的舒卷自如，當歲月和時間偶爾重疊，怦然心動的幸福甜蜜，彷彿兩人身心和靈魂的契合，春風拂波水，煙波繾綣蕩漾……。

40.

伊莉莎白・阿桂成熟冷靜，她仔細地思量著自己的人生，從親生父母拋棄她的那一刻開始，似乎就註定了她乖舛多變，忐忑不安的生命坎坷。

吳振東愛到深處卻不逢時；Makoto 愛的單純卻深不可測，竟然計畫著讓她回到吳振東身邊。

想到這些令伊莉莎白・阿桂心中感到無比惆悵無限迷茫，一股「且慢著，不如歸去」的心思突然上了心頭。

伊莉莎白・阿桂有著冰雪聰明的智慧，她有很多屬於她個人的特質，她想要贖回她自己的真情，在以後的人生和歲月，她將不再屬於任何相思纏綿。

和 Asa 約在學校附近她下榻的飯店見面，Asa 興高采烈前往，卻只見媽咪一人置茶品茗，邀他同飲。

「Daddy 呢？」

「今天是我們母子兩人的約會呵！」

Asa 擁抱著媽咪說道；「媽咪！我好愛妳，但是永遠都輸給 Daddy，他愛妳永遠都贏我很多，世界上最愛妳的人是 Daddy 啊！」

「Asa！媽咪自己單獨來見你，除了想念你，媽咪還想和你來一場深刻的母子對談溝通呢！」

「媽咪永遠都有 Surprise 給我，來吧！趕快說出來妳這一次的 Surprise 是什麼啊!?」

阿桂滿意的望著帥勁十足的 Asa，想起了自己對吳振東承諾的「愛的循環」。對！愛的循環，就從自己心愛的兒子開始吧！

41.

伊莉莎白・阿桂和兒子兩人享受著短暫的週末親子歡聚時光。

「媽咪！妳盡情地放手去做妳渴望做的事情，我相信 Daddy 也會贊成並且支持妳的！不要擔心我，當我想念媽咪的時候，我會常常飛去找妳的。」

「謝謝你支持和鼓勵媽咪，你是我們的寶貝，你一定一定要記住，Daddy 和我一生最愛是你，我們是緊密不可分的一家人。」

「我知道啊！不管發生什麼事，我們永遠相親相愛，妳和 Daddy 也是我一生最愛的兩個人。」

伊莉莎白・阿桂想起了 Asa 出生時，Makoto 就一路相伴，有情有義，視 Asa 如己出，對自己情深義重，讓他們母子心靈有寄託，靈魂有依靠，長年以來，提供一個溫暖甜蜜的家。對阿桂而言，「溫暖的家」是她生命中最重要的渴望、依賴和港灣！人生於此，對 Makoto 無盡的感恩盡存心底。

阿桂力求自己能盡一己之力，雪中送炭情義深，她不喜錦上添花，在繁華人群之處，喜歡退居背後，遠離塵囂，靜謐尋求自我的深邃。

工作上伊莉莎白・阿桂已經與上級取得共識，她將在落腳之處繼續成為探員與經紀，以便從中發掘合宜的人選，並親自提供給予專業的訓練與指導。

Makoto 對於伊莉莎白・阿桂的決定向來支持與鼓勵。

「親愛的，所有的決定都必需建立在妳的人身安全為前提，妳是兒子和我兩個人的精神支柱，更是我愛的全部，妳離開美國以後，我會用更多的時間參與支援妳的工作，最大的目的無非就是保護妳的安危。」

「Makoto！我和 Asa 的生命因為有你而豐富，更別具愛的意義；你教會我的人生課題，徹底顛覆我的思維，我不再怨懟我的親生父母在我出生那一刻就選擇遺棄我。是你讓我深刻地理解每一個人的人生難處有時情非得已。分易聚難的千古愁，總有其不堪和不足外人道之處。」

「親愛的，每次當我想到妳父母即將把妳放下的那一時刻的困難，我心中就對妳父母感到無比心碎和對妳無限的心疼不捨，我能給予妳的，是我一生對妳的守護和疼愛，只要是妳喜歡做的事，我都毫無考慮支持到底。」

伊莉莎白・阿桂是幸福的，她所擁有的，何其珍貴。她決定把這份愛，不停歇的傳承散播。

感恩之情如泉水湧流，恬靜無聲的午後，Makoto 和伊莉莎白・阿桂兩人透過茶香言歡談心，既像知己打開心扉暢談，又似戀人的甜蜜撫觸柔情，自在浪漫相處，時光記錄著他們的情愛，家中那甜蜜氤氳的香氣裊裊，一直未曾從他們的家中飄遠……。

42.

伊莉莎白・阿桂收到彼得傳來的一份工作新合約，內容合理，條件優渥，而且對伊莉莎白・阿桂的工作能力讚譽有加，然而她卻盯著彼得給她的函末附言：「Please return to your nature and be a happy self.」（請回歸妳的本性，做一位歡樂的自己）而若有所思，她深深感受必需仔細釐清自己未來的動向。

是的，把最原始的自己還給自己，她決定不再為情而相思，為愛而纏綿，於是她向自己宣告，要為這愛的感動和傳承開始循環；她感恩生命中所擁有的愛，那麼單純無邪，她終於悟到失去和擁有是平衡存在的宇宙，當你面對無法選擇的失去之際，更多無形厚重的獲得其實已經在路上與你逐漸靠近……。

阿桂的生命，緣出這個道理，就像她失去親生父母的親情之愛，長大後依然擁有美好的愛情；但美好的愛情卻又充滿太多的遺憾；她的人生彷彿夢境，似真實又近乎飄渺，在失去與獲得的立體重疊中一再的持續重複，讓她的生活千滋百味嘗盡，悽愴而悲涼……。

吳振東愛她入髓，Makoto 情深義重，她所擁有的人間摯情至愛和歡愉，再無遺憾不足。偕帶著對吳振東的承諾，她要幸福快樂，讓愛循環，成為令自己滿意的自己！

伊莉莎白・阿桂回到睽違二十年的家鄉，彷若隔世。時光不語，前事休說，而別恨離愁，也都已經沉默凋落，前塵往事，將不再癡纏縈繞，一位全新的伊莉莎白・阿桂正慢慢地呈現。

和工作單位溝通了她的想法之後，「956 咖啡客棧」於是成立，這是一家由伊莉莎白・阿桂掌管的有愛和工作任務兼具的咖啡客棧。

43.

956 咖啡客棧正在緊鑼密鼓地進入籌備進度，伊莉莎白・阿桂突然想念 Makoto 他們父子倆，計畫抽空飛到北海道與在那兒滑雪的兩人短暫相聚，享受全家相聚的歡樂。

半夜的電話聲響，驚心又刺耳，是 Makoto 來電：「Asa 滑雪意外跌落，目前需要直升機馬上送到東京的醫院急救，我建議妳通知 Alton。」

「生命安危和跡象如何？」

「生命跡象沒有問題，妳不要急，初步診斷是肋骨和左腿骨嚴重斷裂和撕裂。」

「好！我馬上訂機票！我們務必要冷靜，你千萬不要因為 Asa 是與你在一起發生意外而內疚，這會影響我的情緒，並且對傷情毫無助益，我們一起盡力。」阿桂的體貼善良，Makoto 內心激起諸多感觸，阿桂真的值得他一生鍾愛。

「東，Asa 在北海道滑雪出了意外，傷情嚴重，生命跡象沒有問題，於此通知，讓你明瞭。

小玫」

吳振東讀著來自阿桂的訊息，內容沒有提及任何有關敏感的親子問題，是心照不宣的非正式宣告 Asa 與自己的關係嗎？不行！為了 Asa 的平靜，為了阿桂的幸福，為了他們的甜蜜家庭，他不能讓自己家族的任何人士了解真相，這樣對阿桂和 Asa 太殘酷，他們母子兩人要如何面對真相大白之後，他的家族隨之而來的爭戰？

「小玫，我很感動妳第一時間告訴我 Asa 滑雪出意外，奈何倫敦的工作一時分不出身飛往探望，身為父母的妳和 Makoto 一定萬分焦急緊張，我請求妳和 Makoto 務必先安撫自己的情緒，才能冷靜理性評估傷情，給予最先進合宜的急救治療！若需要更優質的醫療團隊，請隨時保持聯繫。Asa 是妳的兒子，我一生愛妳，也包括屬於妳所有的。　東」

吳振東思索再三，他這一生的情愛不斷地在擁有與失去中飄蕩，他決定以保護阿桂和 Asa 為首要，並不準備與 Asa 見面。阿桂與 Makoto 兩人齊心疼愛扶養 Asa 長大，自己憑甚麼來相認？憑甚麼來打擾他們一家三口的平靜生活？比起他們夫妻兩人對 Asa 的付出，他現在有子不得相認的痛楚又算什麼呢？何況這一切的關係也只是猜測而已。

伊莉莎白・阿桂接到吳振東的回覆，她了解吳振東在文字上強調 Makoto 和她才是 Asa 的父母，她並不確定吳振東是否猜出 Asa 的身份，但是如果就這樣，也是各有隱晦和皎潔，於是她寫下並回覆：「東，盼歲月一生無恙……。　小玫」

44.

吳振東的心情著實是五味雜陳，無法一言以敝之……。

阿桂雖然未曾明說，但是根據推理，Asa 是自己親生兒子的成份機率頗高，否則阿桂不會在 Asa 受到重傷的第一時間即刻通報給他，何況她身邊有 Makoto 給予的依靠。然而不論如何，他都選擇隱藏訊息不面對，並非薄情，其實更多的是全力保護他們母子不受到干擾與傷害。這樣的想法讓吳振東有著比起以前更強壯、更任性的思維和理由去深愛阿桂，這是他們的好朋友阿郎和美津百思不得其解之處；但是吳振東了解，雖然人生風雨未曾停歇，他只想把愛永遠埋藏心底，鐫刻入髓，遠離浮華喧囂。他理解他對阿桂的愛早已超越貧富生死。

Asa 辦理休學一年靜養身體，幸好年紀輕，加上父母和醫院又妥善照顧得宜，不久以後，他已經恢復良好，滑雪、游泳等運動也不再是問題。然而恢復健康的 Asa，並不打算提早復學，而是經過父母同意，他計畫遊走歐洲，看看這個美麗多彩繽紛的世界。

阿桂的 956 咖啡客棧也慢慢地繼續進行著已經延遲的各項進度。

她的職業生涯與眾不同，除了充滿挑戰與刺激，其工作內容有一個項目是尋找來自不同背景和各行各業的人才來開展工作，這也是阿桂目前的主要任務。能夠完成別人做不到的事情，走到別人走不到的地方，身為世界首屈一指的機要機構的其中一員，伊莉莎白・阿桂被賦予搜集和分析外國情資等相關安全信息，並採取使用人類人工智能來執行秘密行動。

對伊莉莎白・阿桂而言，這不僅是一份工作，更是她的職業和日常的生活方式，精密的團隊處在不斷變化的全球格局的最前線，有著保護與安全的雙向共同目標，在探索世界的同時，伊莉莎白・阿桂也朝著為自己的人生揮灑更多元的角色而努力前進！

45.

956咖啡客棧的籌畫已接近尾聲，內部設計以暖色系為主，配搭圓拱浪漫窗型，讓溫煦的浮光掠影能在午後輕易慵懶地散漫投射入內，有一台演奏鋼琴安置在客棧內不顯眼的一隅，現場除了伊莉莎白・阿桂親自挑選的幾副畫作，還有一副未曾署名寄件人，從國外寄來的畫，已經被掛在鋼琴的上方，明眼人可以感覺的出來此畫作價值不菲，卻不張揚的被掛在咖啡客棧的深處一角，雖不容易被留意，卻是看一眼，再也難忘的收藏品。

這天走進來一位面貌清秀的年輕女性，阿桂見了：「夏小心！」她對著這位女生喊了一聲。

「伊莉莎白妳好！哇！妳的咖啡館很獨特，很有一種「留住光陰」的氛圍，在這兒喝咖啡簡直太鬆弛舒心了！」

「嗯，謝謝妳！我喜歡妳形容的「留住光陰」，不知妳有興趣與我一起在這兒工作嗎？我們也許可以一起試試把時光留住喔！」伊莉莎白・阿桂直接的問起夏小心的意願。

伊莉莎白・阿桂認識夏小心是毛頓先生牽引拉線的。前幾天清晨毛頓搭上夏小心開的計程車來到裝潢尚未完工的956咖啡客棧，擬與伊莉莎白・阿桂見面洽談公事。毛頓先生是夏小心當天的第一位客人，夏小心沒有足夠的零錢回找，毛頓先生便先向伊莉莎白・阿桂求助，於是二位女生有了第一次的接觸。阿桂對夏小心的第一印象，感到莫名的親切和投緣，於是便邀請夏小心有空檔時間歡迎來找她聊聊。

伊莉莎白・阿桂極需要一位聰明伶俐的左右手，她給夏小心的待遇極高，但因為特殊的工作性質，忠誠是最高度要求，也是一個最受考驗的重點。

辨識人是阿桂的專業長項，她感受夏小心是一位可造之才。

夏小心雀躍的接受這份充滿期待、新奇和頗具職場挑戰性的工作，她迫不及待地要與父親分享這份喜悅。開計程車實在是太辛苦，常常載不到客人，或是碰到酗酒的男客人的騷擾。夏爸爸一直不放心她開計程車，但夏小心認為這是唯一能有高一點收入的行業，可以讓爸爸的日子過得舒服一些。

夏小心離開956咖啡客棧以後，阿桂坐在二樓辦公桌前，打開電腦，啜一口自己調製的維也納咖啡，她收到一封E-mail。

PS：毛頓先生是伊莉莎白・阿桂的同事之一，嚴格的說，他也是特務人員，平時狀似喜好涉獵股票。

46.

伊莉莎白・阿桂一夜未曾眠，E-mail 的內容貫穿眼際，一直以為平靜安好的人生歲月再無浪濤，沒想到卻洶湧再起……。

西風拂過，不斷翻動著細枝蔓節的前塵往事，直入攪亂阿桂平靜的心湖，問自己的人生為何總是在毫無盡頭的悲悵夾縫中求生存？她決定不再與 Makoto 互動，Makoto 與她二十年的青春歡樂，畢竟曾經千真萬確的存在擁有，她告訴自己，記住一切美好曼妙的印記，成為繼續的人生風華，這是她不會改變的初衷。

工作如常運轉，956 咖啡客棧開張了！沒有任何宣揚的公開儀式活動，卻依然吸引客人陸續上門，有路過的、有朋友互相推薦的、有時髦女性、也有歐巴桑，當然也包括創立 956 咖啡客棧動機最重要的人員，這裡是他們的據點。

夏小心非常珍惜這個工作機會，她發覺與伊莉莎白・阿桂共事除了可以學習成長，能夠改變家裡的經濟條件也是主要原因之一。

956咖啡客棧不時有一些看起來像是來捧場的客人，但卻又和伊莉莎白・阿桂彷彿有要事商談一般的進出咖啡客棧，其中毛頓先生就是這麼一位，看起來與世無爭，聚精會神投入股票研究的樣子，有時卻又心不在焉，彷彿在等待什麼人或什麼事情發生似的。

這些讓夏小心看在眼裡，她沒有多問，只是非常認真的學習如何烹煮一杯好咖啡。

伊莉莎白・阿桂請了咖啡專業人士來傳授咖啡秘辛，當然不包括指導維也納咖啡的做法，因為這已經是她最擅長的一種花式咖啡。

「不知妳是如何煮出來這麼好喝的維也納咖啡？」夏小心好奇地問著伊莉莎白・阿桂。

阿桂微笑未答，卻突然回憶湧起位在Washington D. C.的Piping Cafe，在那兒她嚐遍所有的花式咖啡，那兒也是她和Makoto認識的地方，如今二十年已過，竟落得「無限飄零君負卿」的唏噓……。滄茫之間，思緒有意無意地浮現……離開倫敦的前一天，在公寓裡為吳振東調煮的那一杯維也納咖啡，吳振東極其珍愛品嚐的模樣，竟然不經意的重現畫面，阿桂在這兩相疊繞的回憶中，她的情緒幾近瓦解。

她必需馬上離開咖啡客棧出去舒緩透氣，以發洩累積多日來的鬱悶情懷，於是出門，朝著與咖啡客棧漸行漸遠的另一方向走去。

47.

春風拂塵，捎來片刻的清醒，阿桂對於 Makoto 的 E-mail 充滿質疑，其內容不像是 Makoto 會對自己寫出來的文字，但的確是從他的 E-mail 帳號傳送給她的，阿桂雖曾有過向 Makoto 查證的念頭，但是她心中直覺無此必要。

回到 956，夏小心已經打烊下班，阿桂想起遠在歐洲旅遊的 Asa，不知他是否玩的開心平安？突然她發現 Asa 發出的訊息裡告訴媽咪他在羅馬遭遇扒手襲擊，偷走他身上的現金和電腦，幸好塞在鞋子內的一張信用卡尚可以救急付款。

阿桂很是著急，恨不得馬上飛到 Asa 身邊，但一時之間離不開 956 咖啡剛開業的瑣瑣碎碎，她不願意再次麻煩 Makoto，那樣就真的像是自己有很多放不下的藉口，何必呢！

思索再三，決定提筆向吳振東發出求救，試問是否方便支援落難羅馬的 Asa？

對吳振東而言，幫忙阿桂救助 Asa 的急迫心情，遠超過與素未謀面的親生兒子見面的激動與期待。

同一時間 Makoto 也十分著急地與 Asa 商討接續的旅程對策。

「爹地請不要擔心，媽咪在倫敦有一位她唸書時的好朋友 Uncle Alton 已經與我聯繫上了！到倫敦的時候他會幫忙我所有的事情喔！」

電話那頭 Makoto 有幾秒的安靜無聲，接著回答：「很好！祝你玩得開心，千萬要小心注意人身安全，Uncle Alton 能幫忙，我們都很放心！」

「Daddy，你也認識 Uncle Alton ？」

「不，我不認識，但我了解他是一位很棒的朋友！」

結束與 Asa 的通話以後，Makoto 不知伊莉莎白・阿桂為何反常地未曾與他商討，就直接把 Alton 介紹給 Asa，雖然他也希望 Asa 有一天終能與 Alton 相認，但是他卻感到伊莉莎白・阿桂止有意主動疏遠他，他不了解為什麼？但他真心希望只要 Asa 能平安，伊莉莎白・阿桂能開心做她喜愛的任何事，這便是他生活上的主軸。Asa 和伊莉莎白・阿桂是他生命裡最重要最心愛的人，他願意傾其所有為他們付出，包括將來為她成立一所孤兒院。

人生幾何？一年明月有幾夜？嘆匆匆，幾時重，是悲歡離合的無情？還是伊莉莎白・阿桂嘗不盡，看不通透的嘆息？

48.

人生是一條單行道的旅程，只有不斷的向前，沒有回返的機會。伊莉莎白・阿桂細想過往，她決定抖落挫敗與不堪，深藏那曾經擁有的曼妙風華，確定自己的生命有十分快樂的節奏。

956咖啡客棧很快地小有名氣，原因有可能是伊莉莎白・阿桂細心地發現咖啡在當地仍然屬於高消費的休閒飲料，她想到了一個「愛的循環」咖啡同歡計畫，目的是希望—包括經濟條件有限的人也能輕鬆品嚐她的美味咖啡。

【如果您儲存一杯咖啡，956同步儲存一杯，餘依此類推，我們愛的循環，讓喜愛咖啡的朋友不寂寞！】

這個「愛的循環」創始者應該是吳振東，伊莉莎白・阿桂毫無疑問地這樣想著，同時她與夏小心親手設計傳單到傳統市場散發，邀請攤販們在收工以後的空檔時間，歡迎到956咖啡客棧歇腳鬆弛，享受一杯免費香醇濃的手煮咖啡。

伊莉莎白・阿桂站在市場裡對著一區區的攤販發呆，不覺淚水滿眶，而內心卻是感到無比平靜幸福。

「伊莉莎白，妳還好嗎？」夏小心陪著阿桂出現在傳統市場，看著伊莉莎白・阿桂含淚的臉龐，她關心的問著？

「嗯！我很好！只是想起了我高中以前的歲月，除了上學的時間，幾乎是在市場度過的，我幫我父母在市場裡做生意。」

夏小心非常意外，可是沒有再多言，卻對伊莉莎白・阿桂有了更多的好奇，應該說是更多的尊重和來自心深處的敬佩！

956咖啡客棧很快的門庭若市，除了來享受一杯愛的咖啡，更多的是來品嚐咖啡的同時，也同步儲存「愛的循環」咖啡。有幾位記者希望能介紹956咖啡客棧的創業精神，阿桂均一一婉謝，她創業的目的除了為工作所需，另一個就是讓愛循環，這低調的行事作風，正是伊莉莎白・阿桂最接地氣的風采，也是她生命的厚重底氣。

49.

９５６咖啡客棧的原始創立意義並非來自伊莉莎白・阿桂，但她是唯一被器重和認可的經營人選，除了她的專業工作能力之外，他們也看重她在Makoto身邊一起努力奮鬥，成為Makoto家族汽車公司的精英團隊之一，並且具有擴大銷售市場的經營能力；因此９５６咖啡客棧的所有經營理念細節均出自伊莉莎白・阿桂，她的智慧裡滲有善良、積極、知趣、理性感性兼具，多元而帶有組織元素的概念，讓與她共事或相處的人如沐春風，非常愉悅。

很多客人就是在這樣的氛圍之下與她逐漸熟稔起來，秀美阿姨、秀蘭和德偉，還有新近才與他接觸要一起共事的夥伴們如毛頓先生，以及得力助手夏小心等。

望著窗外剛拉下夜幕的星期五晚間，彼得走進了９５６咖啡客棧，與他一起的還有斯文的羅伯特。彼得和伊莉莎白・阿桂短暫交談幾句話之後，接著毛頓先生也出現了！

阿桂示意夏小心：「妳先下班吧！我們有幾位在美國一起認識的好朋友今晚在這兒相聚，我打算今晚不對外營業呢！」

夏小心下班離開，阿桂鎖上了門，拉下了窗戶布幔，這是自956咖啡開業以來，他們第一次的聚首開會，也有彼此相互認識的含意。

彼得首先介紹大夥兒認識之後，接著他馬上說明：「這次由羅伯特組成的團隊，他是現場主要策動人，所有的行動與任務，背後另有統籌的其他人員，預估將是艱鉅的挑戰百變，除了大家要共體時艱，處處小心為要之外，還得藉重Makoto與伊莉莎白・阿桂的夫妻關係來避人耳目。目前你們兩人分居兩地，這是最有利的掩護作用，不知伊莉莎白妳有什麼意見嗎？」

「服從！我沒有意見。」

「很好很好！另外，毛頓，你是投入股票的高獲利者，有很多想法和資金想要投資在股票之外的生意，這樣可以引起他們找上你的契機。」

「了解，服從！啊！希望我真的能在股票上大賺幾筆呵！」

「歡迎你常來956咖啡串門子，你會有機會股票大賺的。」伊莉莎白・阿桂微笑著回答毛頓先生。

不幾，眾人離開之後，這個夜晚阿桂了無睡意，她想起了Makoto，想起了他寫給她的E-mail內容，也許他另有隱情，但是不論如何，她告訴自己此刻她得要先睡上一陣好眠。

終於在東方拂曉，晨光熹微泛紅之際，她逐漸沉睡，唯願一生所愛夢裡來相聚……。

50.

倫敦這方吳振東的工作也是忙碌不停，倒是 Asa 傳來訊息告知他人在歐洲一切平安順利，將繼續預定的旅程，謝謝 Uncle Alton 的慷慨邀請，不過他在倫敦期間將不前來叨擾。

吳振東雖然對這次與 Asa 見面的機會有所企盼，卻仍然回覆：

「祝你一切都平安，若有需要，請勿言打擾，隨時歡迎！」

從字面上，真的讀不出吳振東內心是否失望或有任何蕩漾起伏？就像他對阿桂的感情，越沉愈深，不需風花雪月，不需交代理由，更沒有任何藉口。

同時 Asa 也告訴父母他一切順利，在倫敦期間不會去打擾 Uncle Alton。

阿桂終於鬆了一口氣，若非當時緊急，她其實尚未準備好讓 Asa 與吳振東見面的，她想著若是 Asa 這一生都未被告知自己的身世，其實也是一件幸福美事，因為他將不會和媽咪一樣，常常感到自己是被遺棄的孤魂。

Makoto 正與 Asa 電話聊天，他告訴兒子，若有需要，去拜訪認識媽咪的老同學，也是不錯的行程之一。

「爹地，我並不想去打擾我不認識的人，我和你一樣，喜歡一個人的自由，別忘記我是你兒子啊！」

「我不是一個人，我有你和媽咪啊！」

「ＯＫ，對了！不知道你什麼時候去找媽咪？」

「我在日本工作很忙，暫時走不開呢！」

Makoto 結束與兒子的通話之後，他感到兒子與他之間的愛密不可分，這豈是從未謀面的 Alton 所能理解的父子之愛？

天色漸暗，Makoto 把思緒拉回現實，他突然好想念伊莉莎白・阿桂，為何最近她要疏遠他？他百思不得其解？也許百忙中挪出幾天時間，他該要去看望伊莉莎白・阿桂，一起旅行度假，尋回往日時光……。

Makoto 決定把伊莉莎白溫柔疼愛，讓時光停擺，就像往昔每一次的激情愛戀火花那樣……。

51.

自美返回日本的 Makoto，這段時間公司業務穩定，績效長虹，成功需要諸多條件的匯集，Makoto 沉穩睿智，他具備了多項特質，包括「堅持」，那更是不含糊。

傍晚的下班時間，Makoto 和一起工作的堂弟阿勇依約與 Reiko（麗子）在六本木的三得利音樂廳（サントリーホール）入口處見面。

麗子是 Makoto 年輕時在日本的舊識戀人；在 Makoto 定居美國不久後，麗子便與公司的一位同事結婚，直到三年前離婚以後一直居住在東京。

多年以來麗子一直無法忘懷對 Makoto 的纏綿情愛……。當知道 Makoto 自己一人回到日本，她可不願意失去與 Makoto 復合的機會。

他們有時會在一起吃飯聊天，Makoto 非常有分寸的守住禮節，他與伊莉莎白・阿桂沒有正式分手，他不會對其他女性動心起念。

Reiko 買了三張「皇家交響樂團」的演奏會門票邀請 Makoto 和堂弟一起前往聆聽。

音樂會散場以後，堂弟有意地先行離開，麗子對著 Makoto 說：「你太太，哦，不，應該說是你的同居人，應該不會來日本與你一起生活，你們之間存在的問題太複雜，你應該多為自己盤算未來的方向。」Makoto 開始感到不悅，他與伊莉莎白・阿桂都是極重視隱私的人，連堂弟都不清楚他婚姻的真實狀況，為何麗子會了解他與伊莉莎白・阿桂的關係？

「你不要探聽我的私事，尤其是我感情上的事。」

「你難道不了解你伯父也覺得她配不上你嗎？」

「如果妳再這樣惡意批評她，我們以後不要再見面。」

話一出口，Makoto 突然直覺的認為伊莉莎白・阿桂目前對自己的冷淡，似乎和麗子有著不尋常的直接關係……。

這一段日子以來與伊莉莎白・阿桂短暫分開，Makoto 愈發感到要離開伊莉莎白絕不是一件容易的事，他慢慢地理解 Asa 的爸爸對伊莉莎白・阿桂的那種不願相思，卻又相思交錯間的期盼和奢望……。

如今自己不也是「已曾經歷，豈能夢轉江南？」

Makoto 悻悻然地與麗子分道揚鑣逕自離去，與麗子那一段的過往歲月，已然是年少輕狂的不願再憶起。

52.

伊莉莎白・阿桂在956咖啡客棧屢屢和客人歡樂成趣地打成一片，大家慢慢兒地由初識、熟悉進而建立友誼。她的爽朗與真情至性很是吸引人，然而在笑談之間，大夥兒發現她似乎不愛提起自己的私事；同樣地，客人的隱私阿桂不好奇也不過問，她努力的做好每一件屬於她需要完成的事情，並且正慢慢地朝自己的目標和夢想前進。她執意要活出屬於自己生命的氣息和情懷。

因為夏爸爸週末不上班，伊莉莎白・阿桂於是讓夏小心的休假排在週末，以方便她能回家陪伴夏爸爸享受天倫之樂，夏家父女無限感恩，夏爸爸常常來為咖啡客棧修理水電雜務，雖然他不收費，但是伊莉莎白・阿桂從來都是付了高過收費標準的費用，夏爸爸對於女兒能有這樣大氣的老闆，覺得放心又開心。

這就是「愛的循環」，每當伊莉莎白・阿桂這樣想著，她內心總是覺得沉穩而溫暖。

秀蘭是956咖啡的常客，她喜歡坐在吧台與阿桂聊天，覺得很歡樂有趣；週末秀蘭的先生得偉不工作，他們會相偕來956咖啡與伊莉莎白・阿桂廝混談笑風生，久而久之熟悉了，友誼逐漸建立而且深厚。

956咖啡常常辦的孤兒院活動，得偉除了慷慨解囊贊助，每次離開956咖啡之前，總會認購數杯愛的咖啡，阿桂感動在心，也都捐出同杯數愛的咖啡，這些「愛的循環」咖啡，若是累積到一定程度沒有人享用，阿桂會折成現金捐獻，並公告在客棧內的「愛之牆」。

天色將暗未暗，灰濛的天空現出一道好像退了顏色的彩虹，少了艷麗色染，倒比較像是潑墨暈開微調了色彩的山水畫境一般，阿桂望著窗外，懷疑其實是天空出現慵懶，或者根本就是天黑之前的夢幻。

這時得偉和三位友人一起出現在956咖啡客棧，他們待的時間很長，四人之間默契十足，阿桂不經意的發現其中一位右臉龐有著酒窩的男子，和得偉之間似乎有一種耐人尋味的關係，阿桂雖然詫異，但並不好奇，只是心中有數罷了！

53.

得偉與三位朋友在956咖啡歡暢許久以後，朋友一行先離去，留下他與伊莉莎白一同商策為孤兒院院童們主辦的音樂愛心活動。

得偉對於伊莉莎白・阿桂每次為孤兒院舉辦的活動，總是責無旁貸的給予各方面的支持，他們在此話題結束以後，得偉似乎並沒有要離開956咖啡的意思，索性便與伊莉莎白・阿桂喝咖啡閒聊起來，他有一種欲言又止卻又很想說的尷尬……。

阿桂看在眼裡，了解了得偉的難處，她體貼的說：「我大膽假設你們是英雄傳似的交情是吧!?」

「嗯，謝謝妳，伊莉莎白！妳的善解人意令我感動又意外，真是千金難覓，值得珍惜的好朋友，我能冒昧的這麼說嗎？」

「當然可以，我喜歡研究人的神情意態，其實這也是我的職業敏感，謝謝你相信我，我想我們將會成為很好的朋友。」

伊莉莎白・阿桂、秀蘭與得偉三人之間早已成了很有默契的好朋友，因此她必需要在他們夫妻二人之間有一個平衡和客觀的拿捏，不可差池。

「歡樂有時，情義價高」，她這樣的提醒告訴自己。

Makoto 在日本的工作生活忙碌不已，難得一個稍微喘息的週末，他約了堂弟阿勇（Isamu）一起打球。當球局結束，他們堂兄弟倆在居酒屋淺酌幾杯，阿勇開始了他的闊論：「阿良，昨天晚上麗子約我一起用餐，她真的多年來對你念念不忘，你不感動嗎？」

「你難道不了解伊莉莎白和我的感情嗎？怎麼會問這麼愚蠢的問題？何況那都是年少氣盛輕狂的過去式。」

「我當然了解，但是聽麗子說你和伊莉莎白根本沒有註冊結婚，是真的嗎？」

「哪來那麼多的聽說⁉就算沒有婚姻，我也不會和麗子舊緣重續！」

「我了解我了解，年輕時的男歡女愛，在你遇見了伊莉莎白以後，所有的女生都成了路人，多少美女為此而瘋狂嫁人。哦，對了！伊莉莎白和兒子近來好嗎？」

「她也很忙，兒子現在歐洲旅遊。」

聊到了伊莉莎白・阿桂，打攪了 Makoto 的思念情深！他多想在她耳畔輕聲細語：「人世間的理想與美好追求，全都因妳而起。」

Makoto 一夜未眠，想起與伊莉莎白・阿桂甜蜜的日常家居生活，此刻雖夜已三庚，窗外溫度凍寒，唯心是溫暖，Makoto 決定給伊莉莎白・阿桂帶來一個措手不及的驚喜。

PS：良，是Makoto的中文名字。

54.

氣溫驟降的深夜，伊莉莎白・阿桂接到 Makoto 計畫來訪的訊息，她不想節外生枝，便回：

「我這兒太忙，抽空我到日本找你，你自己多保重，別累壞！」

Makoto 並不瞭解伊莉莎白・阿桂近來的反常動態原因為何？卻依然感受到她慣來的體貼入懷。今夜，Makoto 雖然一樣相思，卻終於獲得好眠。

秀美阿姨在 956 咖啡一早開門營業就登堂而入，見到伊莉莎白・阿桂不忙碌，便走向吧台，逕自與阿桂閒聊起來。

「阿桂！我在咖啡館見過妳弟弟一次，不知道他結婚沒有？現在有沒有對象呢？」

阿桂想起了彬彬，便道：「我弟弟尚未成家，至於他有沒有認真考慮的對象，我不曾詢問，也不甚清楚，下回妳見到他，直接問他好了！」

「好！有機會遇見我來問他，如果他沒有女朋友，我來給他介紹一位超級速配的。」

阿桂突然發覺彬彬年紀夠大了，經濟也不錯，是應該考慮成家，有時間她要與他談談，阿桂這樣想著。

「阿妳咧!?都沒有聽妳提過家裡的事喔!?」秀美阿姨試探性地向阿桂發問。

「我從小在市場裡幫爸爸媽媽販賣蔬菜水果，一直就是那種菜市場仔命，沒有甚麼吸引人的故事可分享的啦！」

「才怪！依我人生浮沉經歷的角度，隨便一看，都能看出妳幾分沉著裡必隱藏著一些可歌可泣的故事，不管怎麼樣，如果需要對象，找我就對了啦！」

這樣的對話引來阿桂哈哈一笑，她終於中了秀美阿姨撈話的詭計，笑著說出：「我有家庭，有兒子啦！」話一出口，又說：「秀美阿姨，我是不是讓妳的好奇心得逞了!?」

阿桂發覺秀美阿姨除了是專業的媒人之外，更有她洞悉旁人的敏銳能力，她幽默風趣，為人豪邁俠義，唯一是偶爾會在咖啡館內一言不合與其他客人產生爭端。

阿桂和秀美阿姨兩人的互動著實有趣，在旁的夏小心聽的津津有味，她也對伊莉莎白・阿桂很好奇，但是她不會發問，這是她從伊莉莎白・阿桂身上學到的第一件事——尊重和靜默。

夏小心非常了解像伊莉莎白・阿桂這麼雲淡風輕又善解人意的老闆，一定是經歷人生風霜之後的釋然，絕不只是單純的聰慧善良而已。

55.

伊莉莎白・阿桂喜歡在956咖啡客棧的二樓書房工作；也喜歡在一樓烹煮咖啡，靜觀客人的動態，思索著他們人生故事中可能的來龍去脈，碰上善聊的顧客，也會和他們真心互動起來。

阿桂為956咖啡築起的氛圍，已然成為很多客人在心靈上的休歇處。有些客人為咖啡香味而來；有些為所播放的背景音樂而來；更多的是為沒有原因而來；當然，有一些是為了工作任務而來，就如今天中午進門的毛頓先生。

「哎！這是我常坐的位置，麻煩妳換一個位置好嗎？」

「請問你有預訂位置嗎？」

「這是我在956固定的位置，何須預訂呢？」

「哦！我對你的固定位置無語，但對你的霸道有意見。」

「哈！我對妳做媒無語，但對妳的撮合有意見。」

「怎麼!?你需要服務是嗎？」

「哪兒的話呢？我能夠允許自己單身，卻無法容忍月老亂牽線，任誰都找來湊數。」

「哈哈！我不是月老，我是紅娘，千秋萬世我最紅的咧！」

毛頓先生和秀美阿姨鬥起嘴了！伊莉莎白・阿桂見狀不覺莞爾，她開口斡旋場面：「你們都是956咖啡客棧的好朋友，這樣好了，我現煮二杯咖啡，請你們二位猜猜是哪一種咖啡豆？答對的可以先選位置喔！」

「如果二人都答對呢？」毛頓沒好氣地問著。

「那就繼續猜猜產地囉！」阿桂不慌張地微笑回答。

一場化干戈為玉帛的口水戰，伊莉莎白・阿桂輕鬆地圓滿處理解決，他們在咖啡館內開心歡暢，有些客人甚至也加入聊天陣容，大夥兒開心至極，一直展延不忍離去的腳步。

之後連毛頓先生和秀美阿姨也不計前嫌的閒聊了起來，他們發現彼此竟然是同鄉，都是在鄉下長大的孩子，也曾經有過同一位小學老師。

一直到晚間打烊的時刻，客人漸漸離去，毛頓先生見夏小心已經下班，他便走到吧台狀似要付帳，實則在帳單下方塞了一張紙條⋯⋯。

56.

毛頓先生離開９５６咖啡客棧以後，阿桂隨即掀開紙條：「歐洲急召，工作任務在巴塞隆納和羅馬，請於七十二小時之內啟程，有關行程資料等，文件備齊之後的十二小時之內會送達。請小心前進！安全為最首要！」

伊莉莎白・阿桂準備隨時備戰，一切遵照指令。

十個小時以後她已經收到極機密的文件，一共十四個小時的時間，她完全準備妥當私人裝束，也向夏小心交代了９５６咖啡客棧的所有繁瑣枝節；毛頓先生示意阿桂他會儘量保持每天到９５６喝咖啡研究股票，實則靜觀進出客人的動態。

秋風秋雨中，頗有進入緊急備戰的氛圍……。

阿桂小心翼翼地打點一切，包括回老家探望養父母，為老人家備足生活所需物品和食物等等。工作所必需面對的危險性，讓每一次出勤都是視死如歸，她瞭解也許沒有回家的機會，也許犧牲生命，更有可能是被敵方俘虜……。這樣的心態，使得她每一次外出履行任務時，度過的每一天都是重生，至於兒女情長，再也不想戀棧。

飛機緩緩地離開地面昇起，衝破了雲霄，阿桂感到孤單無比，在這個世界上，自己不曾完全擁有任何圓滿的愛，不曾有過最初的生命期許。問親情，不知親生父母在何處？沒有享受過他們的一絲寵愛；問愛情，吳振東為她犧牲了自己的一隻眼睛，兩人卻是愛不得時；看似情深義重的Makoto，竟然認為自己覬覦他的錢勢，想起了這些，阿桂不禁心酸，很顯然自己不配擁有平實的愛情和親情。至於Asa，是世界上唯一與她有血緣關係的兒子，但是孩子長大，她終究必需要放他單飛。

這樣的人生乍暖還寒，在這趟飛行途中，令阿桂倍顯孤單和落寞，她覺得自己曾有過的美好情愛，不過是自己人生中虛設一場的巧妙佈置罷了！

抵達巴塞隆納，阿桂輕便著裝，俏麗可人，從她的外型來看，實在無法想像她工作時的英姿神勇模樣。

第二天晚上在巴塞隆納「El Bunker」山頂上的一處秘密基地，約有七、八個人齊聚沙盤推演這次的出擊行動，除了那位出現在機場，為伊莉莎白・阿桂接機的女性夥伴，一眼望去沒有阿桂認識的同事，約莫五、六分鐘的光景，一個不經意的回眸，在目光交錯間，阿桂看到了一臉飽經滄桑又深沉的臉龐，當四目對望，兩人身體雖未有絲毫移動，伊莉莎白・阿桂卻先濕潤了眼眶……。

57.

最近一段時間以來，阿桂感到困挫與孤單的情緒，在此刻洶湧地撲面而來，她轉身望向左側布窗簾被稍微掀起的落地窗，看見正在慢慢告辭退去的夕陽，勇敢又委屈地噙住了淚水，吳振東一眼見狀，帶著眷戀的相思眼神，有多麼的揪心不捨，只有他自己理解……。

一整個晚上的沙盤練習，吳振東身為主要策劃人，他編派了每一個人在這次行動中各司其職的主要任務。唯獨伊莉莎白・阿桂是處於支援的角色，這等於代表二種暗示：一、能力不足。二、即將退休。

伊莉莎白・阿桂她不接受以上的任二種可能性！

深夜大夥兒離開演練現場，回到安全嚴密的下榻處，一棟座落在距離巴塞隆納市區以南約三十公里處，一個很小很小很浪漫的海邊小鎮「Sitges」。

阿桂和吳振東兩人整晚都沒有機會交談，只能從深情的凝視中，看出伊莉莎白・阿桂眼神裡的哀怨。

第二天清晨，在第一縷晨曦穿過窗簾的隙縫射進吳振東的房間之際，他已經準備妥當到海邊慢跑，他走出飯店朝海邊方向，途經一家看似隱密性極高的咖啡館，他一眼瞥見正坐在窗戶旁，盯著電腦已經開始繁複工作的阿桂。

吳振東旋即入內走到阿桂面前說道：「妳這麼早起工作!?」

抬頭見著吳振東，阿桂沒有情緒起伏的說：「早安！你也很早啊！」

吳振東打消到海邊慢跑，便為自己點了一份傳統的 Tapas、一杯濃郁的熱巧克力配上西班牙式油條，不邀自請的坐在阿桂對面。

「你還是喜歡甜點!?」

「遇見妳我很開心！」他答非所問。

「我真是不了解昨晚的職務編排，我來是因為被看見我的能力資歷和所有的經驗，不是嗎？而你的編派卻讓我懷疑起自己的能力，請問能給我一個原因和理由嗎？」

「希望妳不要忘記我們的工作就是「服從」，包括現在的時刻，我們都不能有私人的情緒，我是妳的直屬上司，如果妳熱愛這份工作，請隨時聽取待命，不必要的情緒，不適合在工作期間內發生。」

「我連夜為自己尋求答案，工作條例第一百二十八頁上的第六條：如果對自己即時參與的職務願意做更高階層的挑戰，可以提出並請求上級慎重考慮批准。」

「我不會接受妳提出的申請，這是命令！」

「我早已生死置之度外，從事這份工作，如果只做後援，我不接受這樣的自己！」

「妳不是自己，妳還有 Asa，我絕不會讓他失去妳！」吳振東脫口而出。

這一句話有如雷聲轟頂，令阿桂一時之間明瞭了，吳振東應該是知道 Asa 的身份！

吳振東這種等待滄桑，人生幾度新涼的苦悶心境，瞬間令阿桂緘默，兩人持續的心照不宣，又彷彿是一段沒有言語的默契和告白……。

58.

望著阿桂在自己面前打電腦工作，吳振東感到無比溫暖動心，對任何一對男女而言，這是多麼日常的生活景象，但對他幾乎是夢中的奢望；而此刻，這麼真實的畫面，竟然安靜地呈現，他與阿桂僅隔著一張桌面的距離，吳振東從來沒有過的幸福感覺在心中蕩漾開來，雖然是曇花一現的短暫，但是此刻的圓滿感動，將長駐心頭，不再飄渺，雖瞬間，也是永恆。

「Asa 還在歐洲嗎？」兩人靜默了一段時間，他先開口了！

「是啊！他現在正在愛丁堡，他說好喜歡那兒，會待上一陣子。」

「這兒工作結束，妳從倫敦回去好嗎？」吳振東忍不住柔情輕聲問著。

抬頭望了吳振東，阿桂低聲的回答：「好……。」

也許礙於工作期間的必然約束，他們並沒有太多交談，但是這種不期而遇的溫暖，有如微醺陽光，直接潑灑入心，脈入心靈……。

吳振東好想一攬阿桂入懷，告訴她，他有多麼想她，多麼愛她……。

在咖啡館工作告一個段落，阿桂起身，兩人從咖啡館走出來，吳振東對阿桂說：「七十二小時之內會有狙擊行動，不要忘記在今天下午的沙盤練習，未來幾天我若無法隨時保護妳，妳自己要格外小心。」

吳振東雖然有工作上的權威性，阿桂仍然從言語上感受到了他對自己的柔情，這讓她感覺自己不是那麼的孤單，內心蕩漾些許甜蜜波瀾。

兩人在咖啡館門前分道揚鑣之後，吳振東向著海邊方向走去繼續他的慢跑；阿桂為了需要做更多演練前的準備，便逕自往飯店的方向走去。

路經一條往飯店方向必需經過的狹小巷子，當伊莉莎白・阿桂一左轉，她立即人影消失，甚至沒有人，包括任何的路人看見她的蹤影以及如何失蹤在這一條窄巷的。

下午集合演練的時間剛過五分鐘，依然不見伊莉莎白・阿桂的蹤影，吳振東非常了解她從不遲到早退的習性，加上沒有任何訊息通報……，一聲令下，吳振東毫不遲疑，馬上宣佈大夥兒快速分散，說了一聲：「伊莉莎白・阿桂失蹤了！」

59.

吳振東重新回到上午兩人待過的咖啡館，確定阿桂沒有再回去過，晨昏之間，他把咖啡館與飯店之間的路徑走了數十次，希望能引蛇出洞，自己願意交換阿桂回來，他此刻的懊惱無法彌補，知道時間拖的越久，阿桂存活的希望越渺茫。

他必需不惜任何代價，儘最快速度和力量拯救阿桂，此刻他正承受著比當初在畢業前夕要離開阿桂時更巨大的痛苦，他於是轉向國際間尋求協助。

收拾起千瘡百孔的情緒，吳振東冷靜沉著了！他了解除了冷靜、冷酷還需要冷血，缺少任何之一，阿桂獲救的可能性和比率就更降低一些。

當夥伴們全數分散離開西班牙，吳振東自己不願意從巴塞隆納撤退，就算犧牲生命，他也不畏懼！對阿桂的愛，早已超越富貴和生死，更何況這次是自己太大意，他真不應該留下阿桂自己一人單獨行動走回下榻處，如果這次她遭遇不測，自己也不會活著！既已決定，生死又豈會在乎？他早已死生置之度外了！

外人從吳振東冷靜冰寒的外表，實在無法窺測他內心的煎熬和懊惱難當，他唯一目的就是解救阿桂，再無其它所想。同事離去之前已經將伊莉莎白・阿桂留在房間裡的物品整理妥當交給吳振東，他不曾打開來看，四十八小時之內如果沒有阿桂的任何消息，他決定通知還留在歐洲的 Asa 前來取回媽咪的私人行李裝束。

想到這兒，他更積極的尋求各方配合，不放過任何的蛛絲馬跡。阿桂和 Asa 對他而言是一體的，如今的局面，為了他們母子的安危，似乎更不適合透露 Asa 的身份。

阿桂知道自己已被軟禁了！但是不管食宿各方面，她可是很受禮遇。這幾天她唯一想的就是「從容不迫」。

「今天好嗎？我是約翰！」約翰看起來應該是這二天與她過招的人物中職位階級最高的一位。當阿桂這樣想著，馬上靈機一動答道：「不過就是一些藥品，需要這麼大費周章嗎？」

「那妳的意思呢？」

「對我而言，我的生命當然比你們那些藥品更重要，讓我安全回家，我要求他們撤退，只此一次，非慣例！」

「哈哈哈…妳未免也太天真可愛了！事情恐怕不是妳想的這麼單一簡易。」

這時伊莉莎白・阿桂內心真的急了！

難道毒品只是障眼法!?

60.

伊莉莎白・阿桂被禁足在一棟外觀看起來不起眼，卻有著百年歷史的二層樓小別墅。從外表看起來紫藤樹木纏繞，大部份爬出圍牆，未加修剪的隨意攀爬，更顯得隱密不招揚的低調。屋內擺設也異常考究，房間裡牆上掛有複製的莫內「睡蓮」油畫；一張像是收藏品的骨董柚木書桌；還有可以生火的壁爐；典雅的國王呎吋兼具浪漫奇特的大床；房間內的唯一燈光，來源自天花板上垂吊的一盞復古水晶燈，奢華中更見氣派風雅。

前後院子花木扶疏，側院有一座放置著古希臘式戶外桌椅的手工雕刻涼亭，看得出來主人極盡心思在表達和維持建築物固有的品質水平。

這幾天的黃昏時刻，阿桂從屋內總會聽到車子出入的聲音，她猜測是運送食物進來，於是她有了一些想法，無論如何，與其坐以待斃，不如放手一搏。

第二天，約翰又出現了！

他驚恐的看著伊莉莎白・阿桂椅子和地上流著斑斑血跡：「妳想要自盡？」

「開什麼玩笑，要聽聽我出生的故事嗎？我出生那一刻就被父母拋棄，這樣的出生有多麼的多餘你知道嗎？生死我何必在乎？至於懦弱的自殘那就更不必了！不要緊張，生理期提早來，是你們太虧待女士了，甚麼女性的私密物品都沒有提供，我只能這樣順其自然。」

望著眼前頗有姿色的伊莉莎白·阿桂，約翰一時懵了！他對伊莉莎白·阿桂的直覺是她的平靜指數異於常人，此刻更是對奇特的伊莉莎白·阿桂產生高度的好奇。

「妳為何不提出妳的需要？」

「你們讓我太緊張了！以致生理週期大受影響，週期日當然就不靠譜了！請問你們可以提供我紙筆嗎？」

「筆可以，抱歉紙張不行。」

一個半小時以後，阿桂清洗好自己，她啜了一口茶，看了一眼衛生棉包裝上的數量標示，三包共有六十六片，根據這個總數量看來，他們是有計畫的要長時間軟禁她，她很清楚越是晚一天走出這棟建築物，自己的危險性就更提高一些。

經過一個晚上的深謀策劃，她利用衛生棉上的細長粘貼紙條寫下：「SOS 待援，麻煩告知此地的方向和地點到下列 E-mail 地址，並請拍下此字條寄出為證。　小玫」，然後再黏回原來衛生棉上，就這樣把這一片乾淨的衛生棉藏在那些她用過的餐具之中，跟著每天進出服務她的女士給帶出去了！

阿桂並沒有把握看到衛生棉的人是否會掀起貼紙閱讀，就算看到，是否會拯救她？抑或將她檢舉？但是無論如何，小玫這二個字是以中文書寫，那是只存在她和吳振東兩人之間的密稱，加上自己的親筆跡，吳振東應該會相信確實是來自於她的求救。此舉並且可以勾引敵方出面與吳振東斡旋，不管如何，這是目前她唯一能想出來的自救和保住團隊安危的辦法，孤注一擲之後，伊莉莎白·阿桂倒是把自己投擲在舒服的大床上一夜好眠。

61.

四天以來，阿桂不曾有一絲掉以輕心，她外表看似平靜，內心實則萬分警惕隨時的任何動向和聲效。已經過了七十二小時，看來衛生棉黏條上的文字並沒有被吳振東或我方單位接收到。

但是一剎那間她突然發現這些日子以來每日早餐固定送達的時間是落在七點三十分至七點四十分之間，而現在已經八點尚未見早餐的著落，這顯然是我方已接收到她所發出的ＳＯＳ求救待援的一種無言的回覆。

她記得清楚，緊訓規則裡嚴謹交代，如果被俘虜時刻，無法與外界進行雙向溝通之時，則應臨危不亂，靜觀每日敵方固定作息步驟的突然變化，若突然產生改變，則是我方已經獲得密報，即將進行突襲圍攻來解救人質的暗示警訊。

伊莉莎白・阿桂喜出望外中有些驚慌，但隨即沉著穩定冷靜下來，一如每逢她面對困難的時刻一般，她知道機會難獲，已經預備好隨時待援的配合。

多次確定胸罩內貼身的望遠鏡和制伏器已經就緒。

時近九點，依慣例外界送來一袋她的乾淨衣物，伊莉莎白・阿桂小心翼翼審慎每一件衣服的小細節，她在一件藍色線條上衣的成份標籤上發現到手寫的「956」數字，於是她明瞭了吳振東讀到了她的字跡，他知道她最喜歡藍色，956是時間的警示，一場緊張的救援出擊行動即將展開。

雖然無法預測結果會如何，但這是唯一的出路，她將卯足全力，只有前進，沒有退卻的選擇！

二十分鐘以後，伊莉莎白・阿桂從窗戶用望遠鏡望出去，她看見了二輛一前一後距離冏近的車輛，停靠在路邊偏中間的分隔線，觀察中她決定，應該說是判斷，她將跳上其中藍色的那一部支援車子，這將是她第二次面對的一場美式攔截的PIT操作，第一次的PIT經歷，她被送往倫敦隱藏約十個月的時間。

62.

當門外的對峙甚囂塵上，伊莉莎白．阿桂從剛爆破的窗戶一躍跳下，急速奔向藍色支援的車輛，還來不及關上車門，車子已火速揚塵駛離現場，一路往機場方向開去。

「妳必需儘速離開巴塞隆納，已經安排妳飛到美國德州的 Austin 落腳幾個月的時間，一會兒到了機場，先換上這個背包裡為妳準備的玫瑰金色連身裙，有一位女士會在機場與妳會面，並提供妳所有的資料文件，她會說她的名字是海倫；之後在法蘭克福轉機的時候，再換上另外一套潮水綠褲裝，長褲的左邊口袋裡有一支玫瑰金色的香筆，是提供給妳以備不時之需，從筆尖觸摸一下，它會散漫奇特浪漫的玫瑰香水味道，這可以提供救援人員容易辨識妳的所在之處。」

「謝謝你們！麻煩告知夥伴們我一切安好！」

「好的，妳的沉著、平靜、穩定和機智，我們都很佩服。」

「過獎了！謝謝鼓勵！」

經過二十幾個小時法蘭克福、西雅圖的轉機之後，飛機緩緩降落在 Austin 機場，伊莉莎白．阿桂疲累不堪，她需要好好地休息，不管是在心靈還是體力上。

吳振東知道阿桂已經安全離開西班牙，他如釋重負，這次任務因為伊莉莎白‧阿桂被俘，她有機會善用她專業的敏感度判斷毒品只是對方的障眼法，更重要的是有間諜策劃行動。

利用在法蘭克福機場轉機的空檔時間，伊莉莎白‧阿桂傳達訊息告知上級：「我方必需從多重角度目標觀測，來決定下手襲擊的戰鬥策略。」雖然簡單寥寥數字，卻是一個極其緊要珍貴的機密訊息，讓阿桂的被俘成為一次很有生命價值的付出，吳振東不禁為阿桂感到既心疼又自豪。

帶著阿桂留在巴塞隆納的隨身行李，吳振東回到了倫敦，他未曾開啟行李箱，等了幾天讓阿桂休息恢復體力，傳了 E-mail 給她，問是否讓 Asa 到倫敦來取回她的行李？

「如果 Asa 有空並且願意，我沒有意見，謝謝你！我已經安全回到美國，這次非常謝謝你所有的機智解危行動，你自己保重，盼我們一切平安靜好。」

收到阿桂的回覆，吳振東思索著要如何下筆告知 Asa，他的媽咪在巴塞隆納所經歷的一切？

63.

吳振東又忙碌了一陣子之後，才把心思放在應該聯絡 Asa 來拿回伊莉莎白・阿桂的隨身行李。Asa 接到 Uncle Alton 的通知，萬分思念媽咪，便火速從愛丁堡搭上開往倫敦的快速列車，四個小時之後他已抵達倫敦。

吳振東在人群中鵠望，尋找 Asa 的身影，沒想到 Asa 卻從自己身後悄然出現，喊了一聲 Uncle Alton，彷彿他媽咪年輕時一樣的調皮，就因為吳振東告訴他自己會穿一件卡其色的風衣外套，他於是淘氣地想與 Alton 來一個另類驚喜的相見儀式，吳振東回頭一瞧，牛仔褲搭穿格子襯衫，駱駝色休閒鞋，一副美國青春男孩的裝扮；神情之間有著與他媽咪一樣的促狹慧黠的眼神，吳振東外在雖沉靜依然，內心卻思潮澎湃，多少歲月流動已斑駁，在面對眼前這位優質年輕人的一霎那間，一時父愛萌生，濤然湧起……。

時光有如一條隧道的長廊，吳振東彷彿看見自己與 Asa 在長廊中奔跑，賽程雖不遠，他卻追不到 Asa，直等到 Asa 再喚他一聲 Uncle，他才反過神來，充滿驚艷的面對著眼前這位年輕又帥勁十足的 Asa，雖難掩激動，卻又帶著不問浮生事的一貫從容，與 Asa 並排離開了 KGX（London Kings

Cross Railway Station）車站，他沒有為 Asa 預訂飯店，逕自帶著他回到自己在倫敦的家。

吳振東從哈洛德（Harrods）百貨公司五樓的吳家（Chai Wu）餐廳訂了美食外燴代替到外面餐廳用餐，此時此刻他只想與 Asa 單獨相處，一分鐘他都捨不得浪費。

兩人品嚐的美食是由餐廳的主廚親自烹調，包括有智利鱈魚餃子配金箔，和牛配黑胡椒泡芙，以及兩盅極鮮湯品的前菜；主菜部份則是清蒸當日漁獲，野生鮮活的「赤斑羽太」；加上神戶牛排切片搭四色食蔬、北京烤鴨和阿拉斯加帝王蟹佐青檸檬調味醬汁。

精緻美食晚餐之後，二人慢慢地熟稔了起來，於是轉移到起居室，吳振東讓 Asa 昇起了火，一邊繼續暢聊。

看著吳振東，Asa 倒是開口問了：「Uncle！謝謝你美味的晚餐，我吃得好開心。對了！請問你的家人都不在倫敦是嗎？」

「我的父母都不在倫敦。」

「那可以請問你的太太和小孩呢？」吳振東還真沒想到 Asa 會這麼直接問，難道他看出什麼端倪了嗎？不，不可能，吳振東像是壓驚一樣的這麼想著……

「嗯……我沒有婚姻。」

「哦！像你這麼優雅的紳士，一定會吸引很多女士的，可能 Uncle 對女生們的標準太高了！」

像是話夾子打開了一樣，兩人似乎除去了心防，開心地暢聊了起來。

「嗯，我大學時談過一次很深刻的戀愛，失敗了；後來到倫敦又交了二位女朋友，也沒有成功。」

「為什麼呢？後來的女生不好嗎？」

吳振東突然中斷了幾分鐘之後，娓娓地道來：「不是，她們都很好，她們沒有問題，我們也相處的很甜蜜。」

「那為什麼會沒有成功呢？」

「自從第一位在我心中烙印之後，我發覺自己的內心再也無法承載更多；她雖不在身邊，卻在我心淵，她已經活在我的生命和我的靈魂裡！」

兩人都沉默了好長一段時間，好像各有各的思緒，飄渺致遠……。

64.

吳振東心疼地看了一臉陷入沉思的 Asa，感到自己不應該與他討論這麼深沉的話題，看起來 Asa 雖然從小幸福，卻有他早熟的心思。

吳振東心緒突然擺盪，覺得對不起阿桂的心情重湧心頭，真不知道她是如何面對孤單無助的懷孕期，將 Asa 帶到這個世界上來，再費盡心思地將他扶養長大成這麼優質的男孩！

「怎麼你們長輩所說的話都大同小異呢⁉我爹地也對我媽咪說過同樣的話，他說他不擔心有一天媽咪沒有和他生活在一起，因為媽咪已經住在他的心裡面，永遠都是在一起的。」

「嗯……，你爸爸媽咪很相愛，我認識你媽咪很久很久了！她是非常值得深交的朋友。」

「是，我了解，我很愛媽咪，但是我永遠都輸給爹地，因為媽咪是爹地在這世界上最愛的人，第二個人才是我。」

吳振東聽了一陣安心卻又帶些微妙的心裡酸楚，有誰能解釋那種像是「人生走過，唯心獨醉」的複雜心情？於是啜了二口美酒，他知道自己今夜將難成眠。

「Uncle！請允許我的直接，請問你的眼睛也是工作傷害嗎？」

吳振東在 Asa 來倫敦之前，早已有所準備這個問題，他不暇思索地回答：「是的！」

Asa 沒有接續這個話題，就此打住，吳振東無法想像 Asa 內心正想著什麼，看來他不可小覷眼前這位年輕有為的小夥子，也許是出於天性，他對 Asa 簡直滿意極了！當然阿桂和 Makoto 絕對功不可沒。

吳振東內心想著如果時光能倒流，他是否有機會陪著 Asa 一起上山下海看日昇日落？陪伴他經歷成長過程中的跌倒爬起？在他哭泣的時候親自擦去他的淚水，開心的時候與他一起歡樂，或是悄悄地告訴他，自己有多麼的愛他媽咪！

這一夜，兩人各居一室，也各懷有心思……。

Asa 環視房間的精緻擺設，再回想今晚與叔叔兩人的對話，可以感受 Uncle Alton 是一位優雅、有趣卻又自律的長輩，只是內心不免好奇，Alton 叔叔發生在唸書時代的第一次戀愛，是什麼原因造成失敗而分開的呢？

吳振東這廂今晚內心更是起伏跌宕，第一次這麼強烈的想要為 Asa 做一件他從來沒想過，也未曾計畫過的事。

65.

吳振東從來不曾想過自己會有一位這麼優秀的兒子，還能有機會一起享受天倫之樂，心中有感恩和激盪，終至一夜未能成眠，當漸入幸福沉睡的時候，晨曦已初露……。

充份休息之後的甦醒，吳振東更期待與Asa的相處，他帶著Asa來到泰晤士河畔的「Katenjammers」德國餐廳用餐。

「這是你媽咪在倫敦期間最喜歡的餐廳之一，低調不誇張，同時也是很道地的德國料理。」

「叔叔！媽咪在倫敦那一年你們常相聚嗎？」

「嗯，我們是幾十年的舊識，加上工作上是同事，就近照應是應該的。」

「叔叔，我相信你和媽咪之間的友情一定很深固，你們都是很得體很美好的人，可是媽咪從來沒有提過她唸書時候的任何事情，但是我總認為媽咪不像是一個沒有故事的女生。叔叔，你在唸書的時候有見過媽咪談戀愛或是發生過什麼比較特別的事情嗎？」

天哪！這孩子實在太聰慧了！吳振東心裡非常震撼，他感到Asa似乎已窺出一些端倪，選擇經過叔叔，問起媽咪可能與叔叔之間的故事。也許只是好奇，也許是假設，但不論如何，吳振東突然陷入了兩難，他不想對 Asa 撒謊，卻也不願意在如此的情形之下對 Asa 坦白。

他想著要儘量避免在 Asa 面前過多的提起和阿桂有關的任何事情，這時候服務生端上主菜，適時地打斷了他們的對話，吳振東吸了一口氣，巧妙地避開了這個敏感的話題。

「你計畫什麼時候回學校？」

「我休學一年，冬天會回學校。」

「你在歐洲期間，任何時候如果來到倫敦，叔叔的家永遠為你打開。」

「謝謝叔叔，我會在愛丁堡待上一段時間，我很喜歡那兒！」

「愛丁堡的冬天很冷。」

「嗯！我冬天就回學校了！」

「你出來旅行一段時間了，爸爸媽媽有什麼意見嗎？」

「他們都很想念我，我也是啊！離開歐洲以後，我計畫先到日本找爹地，媽咪也許也會在那兒呢！」

「他們一定很開心與你見面，享受天倫之樂是世界上最幸福最美好的事！」

「我們家真的很甜蜜，我沒有見過爹地媽咪爭執過，他們都很愛我，我真的覺得我是世界上最幸福的人！」

「這是很難能可貴的事，對了！你常常去日本見到親人或親戚朋友嗎？」

「常常見到爹地的伯父和堂弟阿勇叔叔，還有一些遠親和朋友，我在日本最開心就是冬天去滑雪。」

「以後滑雪要特別小心，別再摔倒受傷了！」

「啊！是媽咪告訴你的嗎？」

「是的，有一次聊天提起的。」

對吳振東而言，Asa是否一定和自己有血緣關係已經不重要，更重要的是他是阿桂的兒子，那種愛屋及烏的心情和感動，並非一般人所能理解體會，只有在親自見到Asa以後，他才意外發現，自己的生命中從此多了一位摯愛，襄嵌在靈魂深處……。

66.

翻篇過往歲月，吳振東三番兩次的嘗試，決定要把阿桂從自己的生命中抽離，也曾經用心的呵護先後二次逐漸形成的曼妙親蜜關係，最後卻都以和平分手告終，原因是吳振東根本無意走入婚姻；他雖很努力，卻無法忘懷阿桂，那已經根植裏嵌入髓的靈魂伴侶，他無法解釋緣由。

已經習慣阿桂出現在他生命的各項細節裡，那是沒有任何人可以取代的深情，只要知道阿桂是幸福平安，他也就滿足幸福。

直到這兩天見到了Asa，他才發現自己的堅持並不可笑，而是他人生中對阿桂所能做的最浪漫的情懷。吳振東已經習慣，也很享受如此這般的幸福，他感受到這美好的堅持，一定是未來另有更美善的安排。

清水靜流，偶爾雖有風雨來襲，仍然堅持逆流而行，此時給予阿桂和Asa在遠端的祝福和支持，對吳振東而言，就是天長地久的甜蜜牽掛。

「叔叔！謝謝你溫馨的接待，我們這幾天很開心，認識你真是我的榮幸，你若有機會到美國，歡迎來找我，記得我還想從你這兒聽聽媽咪在唸書時的故事呢！」

「媽咪的故事還是由她自己來訴說比較逼真，何況我也未必清楚。」

「哦！那期待我們有機會大家能聚在一起，聽媽咪自己來說她以前的故事。」

獨立的Asa拉著媽咪的行李，堅持不讓Uncle Alton送到車站，擁別之後，吳振東望著車子載著Asa揚長而去，他深情無語，多希望自己的視線能夠再延長一些……。

想起了曾有二次與阿桂在倫敦分手，此刻竟湧起了一樣不捨的心情。此一別後，風月無邊，再見Asa不知何時？願他生活中能少一些孤單和煩憂，一生順遂平安。

車子逐漸隱沒於視線中，吳振東突生落寞，便轉身往泰晤士河畔慢慢走去，他再一次的想要把自己的心靈蟄居起來……。

67.

「小玫，因著妳留在巴塞隆納的私人物品，我邀請 Asa 來倫敦取走，並與他相處了三天的時間，我非常驚艷你們的兒子，真是教養非凡！

我們相處很愉快，沒有隔閡，我很喜歡他。

妳保重，我永遠在……。東」

盯著電腦螢幕上出現的文字，伊莉莎白・阿桂再次感到百轉千折的柔腸寸斷；他們父子相見，Asa 未能知曉面對的是和自己有著相同 DNA 的父親；從文字上讀來，阿桂無法釐清吳振東是否真的知情!?如果他了解，卻依然如此地平靜淡然，為得不就是成全大局，讓她和兒子的生活不受干擾!?這著實讓阿桂陷入了兩難。

「東，謝謝你招呼 Asa，他是一位貼心的男孩，有他獨特的深度和細膩。人間有溫情和寒冰，不管風與雨，我們共享。 小玫」

阿桂婉約的回覆吳振東的信函，字字珠璣裡透露的隱晦，不知吳振東是否能窺出一、二？

為了保護身在美國德州 Austin 被隔離的伊莉莎白・阿桂，以及更多的耐不住的思念，Makoto 從東京飛來探視，幾個月的分開，Makoto 更清楚要割捨伊莉莎白・阿桂，全都是不可能的大方和對自己無限程度的誤知。

「妳是不是對我有一些誤解？」Makoto 為阿桂帶來她喜愛的玄米茶，接過她為他沏的一壺茶後這樣的問道。

「我倒希望這中間是有誤解產生，否則實在令人太難堪！」

「快告訴我是怎麼一回事？」

「你對我與你在一起產生高度的懷疑，懷疑我另有企圖，對我產生極度不信任，這件事我除了不接受，而且鄙視！」

「為什麼妳這樣認為呢？是聽到外人說什麼嗎？我不覺得妳是這麼容易受到左右的女人！」

打開電腦，找出發自 Makoto E-mail 帳號的信件，連 Makoto 都無法置信這是他發出的信函，但即時他了解，是麗子！有一次自己在開會，她曾在他辦公室久待，應該是她發出的，身邊不會有第二個人有機會或是會做出如此惡劣的行為舉止。

當 Makoto 明白這一切，突然好心疼這些日子伊莉莎白・阿桂平白的受這些難嚥之氣，他準備要仔細地告訴她詳情。

68.

年輕時候的 Makoto，因著學業與工作生意，經常遊走於波士頓與東京之間，他溫暖帥氣，和善有禮，意氣風發，曾和多位女性朋友交往，也擄獲不少女生的心田，麗子是他其中一位具有出色外在又聰明的女朋友之一，加上她的父親與 Makoto 的伯父是世交，麗子比起別的女生更容易與 Makoto 接近並保持固定的親蜜互動，對外也能確定與 Makoto 的男女朋友關係。

Makoto 對於麗子並未拒絕或嫌棄，直到有一次的親蜜時刻，麗子突然提起：

「Makoto！我想安定我們的戀愛關係，你有什麼計畫嗎？」

「我們這樣挺好的，不需要改變現況啊！」

「我們在一起二年多了，這麼和諧甜蜜的關係，沒有道理不安定下來啊！」

「我並不認為現有的固定關係需要突破，妳說我們之間很甜蜜啊！目前不是很安定嗎？何況我也沒有交往其他任何的對象。」

那一夜兩人心中各自若有所思，Makoto 沉思了一整夜自己與麗子的關係，他發現麗子美則美矣，但她的舉止、笑容甚至是思想，似乎都無法出自她的靈魂深處，更或者說他嗅不出麗子能吸引他的精髓所在。

從那一夜開始，他再沒有與她發生任何身體上的接觸，一夜之間，Makoto 突然成熟為真正的男人，他必需尊重女性，更要尊重自己的生活徽章，他期待與自己能心靈交流的觸動與遇見……。

因為業務關係需要長期待在美國，Makoto 便與麗子漸行漸遠。

他在美國專心開拓業務，期間麗子曾來美探視幾次，Makoto 卻已經收斂了玩世不恭的男女關係態度，當成老朋友一樣的接待麗子，也堅決表明態度，不想欺騙彼此，不會再與她重續舊緣。

從此之後 Makoto 身邊沒有再出現任何交往對象，連堂弟阿勇都誤以為 Makoto 因受情傷，無法再正視愛情了呢！

直到二年後他遇見了懷孕中的伊莉莎白・阿桂，從認識到知悉她的處境，他驚奇的從伊莉莎白・阿桂身上發現了人世間最真情不羈的靈魂，最璀璨卻單純的笑容，和最勇敢堅強的淚水……，從此他的情路終結在伊莉莎白・阿桂身上，勝卻人間無數。

是這些擄獲了他強大又不可一世的內心，Makoto 如獲至寶，他再無其它的春風得意，只想與她共度紅塵，享受無限的柔情似水，在日出日落之間，從紅顏到暮齒，都要一起分享人間所有美善。

69.

伊莉莎白・阿桂對於 Makoto 以前所交往的對象完全沒有好奇心，也許因為從小就沒有受到疼愛，她從來沒有嫉妒心，此刻任何人在她生命中的來去或短暫或長期停駐，她都視為日常。

「我不會過問你的私人行為，現在不會，更何況是我們互不認識以前的事。想想當年我尚未畢業，卻發現自己懷孕，Alton 在同一個時間選擇不告而別，我也不曾想過或嘗試找他來解決。」

「如果現在我們分開，妳難道不難過傷心？我們這二十年的相濡以沫，妳不珍惜嗎？」

「我珍惜的方式不是緊抓不放，如果是無法避免的必須要分開，那曾經的纏綿悱惻就成為我心中珍藏的烙印；如果是因為變心而分手，我也能夠成全並真心的祝福。不愛就是不愛了，再多的詢問，答案都是似是而非，我最不需要的就是分手的理由，當愛成為諸多的藉口和搪塞，不如一人瀟灑自在。我在剛出生就被親生父母拋棄；在愛情剛萌芽時刻就被迫從雲端墜落；但我很感恩我生命中的這二次遭遇，它們其實是讓我茁壯的乾糧，雖然乾糧難嚥，儘管一路風雨，每一步伐我仍用心走過。這二十年你在我生命中帶給我真實的享受被愛的恩寵，和學習如何去愛人的能力，這是我最幸福的一段時光，我不會再要求更多。」

「我很難過麗子透過我的電腦傳達不實的信件給妳。妳我沒有結婚的唯一理由，在我是考慮到當Asa的爸爸有一天出現的時候，事情會單純一些。但是這幾個月我發現我根本離不開妳，甚至害怕失去妳，這樣的感受讓我陷入膠著。」

「我們不能只具備愛人的能力，卻無法承擔失去的結果。勇敢，就是具有能力去面對生活中排山倒海鋪面而來的任何負面元素。」

伊莉莎白・阿桂透過與Makoto今夜的深談，她發現在他們兩人的感情難處中，繁枝交錯縱橫，比她想像中更具挑戰和難解。

70.

滂沱雨聲中，兩人甜蜜繾綣，一夜無眠後，晨曦乍現初透，Makoto 提出了結婚，然後蜜月度假的計畫。

「我並不認為我們之間的甜蜜關係需要婚約來佐證，激情是最短暫的悸動，若無法彼此認可和身心無法融入交流，我便無法享受情意纏綿，這些真的和婚約沒有任何關係。」

「二十年了！我對妳的愛甚至比剛認識的時候更濃烈，是妳讓我嘗盡人世間的最美好，就像阿勇說的，妳鎖住了我其它的任何愛戀，同時也打開了我愛的廣闊視野。」

「我們剛在一起的時候，其實我曾經懷疑自己是因為你愛我和 Asa，在這樣的催化反應下才愛上你的；但經過很長一段時間的自我觀察和省思，我最後理解了，如果沒有 Asa，我們各自又都沒有其他的對象，我一樣會愛上你，你有深度、善良、不浮誇，這些對別人也許簡單，對我而言卻是魅力無限，我好喜歡這樣的你。」

「妳對我的評論讓我感到放心又安穩，其實妳才是最不浮誇的人，又比我善良通人情，我這一生再無法遇見比你更大氣的女生了！」

「你說我大氣是因為我說不在乎你的行為是嗎？」阿桂輕鬆地恢復了她詼諧促狹的另一面繼續

說道：

「我們真是彼此高捧對方的高手啊！不像夫妻，倒真的像是熱戀中的男生女生呵！」

「妳優雅從容，凡事淡定，就是很大氣啊！」

「如果不這樣，是要如何從事我的工作？」

「說到工作，我真希望妳早日離職，我早期之所以加入你們的業餘團隊，純粹是為了保護妳，我可是對這份工作沒有甚麼興趣的。」

「我知道，但是我接受這一份工作，剛開始的原因是因為它的高收入可以讓我養活自己和Asa，並且可以回饋我的養父母；而現在，我深深喜愛這一份充滿隨時備戰，又必需具備不動聲色的冷靜沉著的工作，你可能無法理解，在其中我學會了慢慢地從被拋棄的陰影中茁壯自己。」

只要說到過去的坎坷經歷，Makoto 總是對伊莉莎白心疼不捨……

「妳現在有我，什麼都不需要再怕了！」

「你給我和 Asa 的愛，讓我們成為世界上最幸福的一對母子，我要用一生的溫柔，經營我們一家人的甜蜜幸福！」

「這麼快樂的時光，我都不捨得睡覺，多希望時間停擺，幸福不走，想愛不盡。」

「只要心中有感動、有情懷，愛是永遠不會枯歇的。我們彼此學習，互相吸引，這讓我們都擁有人間最可貴的真情至性，它雖然無形，卻總是觸動人類的靈魂深處。我們三人永遠愛不盡，幸福無限，我有溫柔似水，你有體貼入懷，這是『愛的循環』。」

說到「愛的循環」這四個字，阿桂突然陷入沉思，約莫三十秒不語的時間，她從床上一躍而起，逕自走到廚房，煮上三杯咖啡。

雖然一夜未眠，Makoto 猛然從背後環抱伊莉莎白，呢喃又柔情的說：「我現在不想要喝咖啡，我要妳……。」

71.

「……我要妳……現在認真仔細聽我說，我要妳陪伴我一起終老，生命同時凋零。我曾經想過讓妳回到 Alton 身邊，我自己一個人可以走過天荒地老，但是現在我做不到，我太不偉大了！面對妳，我真的放不下。年輕的時候，我有很多自認為是很周詳又瀟灑的計畫，包括如果 Alton 出現，你們可以團圓，然而現在我才了解自己實在荒謬天真。」

「我記得曾經告訴過你，我不是物品，我是有思想靈魂的人。我愛你，就單純的因為是你，沒有其它藉口的原因和理由。Alton 當年的離開，他和我之間就是生命中彼此的錯過了！我無怨尤，也不會再與他重拾舊情。唯一想離開你的時候，是收到那封不是來自於你寫的郵件，內容所寫的我是圖謀你的財勢，這讓我無比難受痛苦，如果沒有你的解說，我真的會悄悄離開……。」

「麗子雖然可惡，但其實她也有屬於她的優點，可是當面對愛情時，卻又喪失理性，顯得無知幼稚。」

「你以前的女朋友因為失去你而變得不理性，我很可以理解。但愛情不是三角函數，無法證明甚麼，也未能有合理的解答；一旦心弦撥動，旋律揚起，無法遮掩躲藏的情愫便已悄悄流淌在彼此心澗，聰明的麗子怎會捨得離開你對她的厚愛!?」

「我和她曾經在一起相處了二年的時間，最終發現這不過是一場年輕氣盛的男歡女愛。其實應該感謝她在這一份感情裡，讓我分辨出來什麼樣的愛戀是我排斥不想要擁有；什麼樣的對象才是我一生的渴慕眷戀……。我在與她分手二年之後認識妳，進而發現妳才是我一生尋覓，不願錯過的靈魂伴侶！」

「這大概就是一般人所謂的緣份吧！但是相信緣份是很消極的心態，我覺得愛情是彼此心靈交流之後的積極良性互動，需要真情至性，需要坦率的告白，彼此有共識與需要，相互愛慕而成；愛情之所以魅力，是因為兩相吸引的磁性，永遠存在於用心經營彼此的關係，享受歷經過程所產生的火花和細節，以及付出愛和被愛的生活日常。」

Makoto 摟著著伊莉莎白・阿桂，低聲又柔情，他說：「不要離開我……。」

72.

伊莉莎白・阿桂與 Makoto 朝暮相見，繾綣纏綿，阿桂有她感性溫柔的體現，她除了是一位浪漫情人，也是很體貼的伴侶。

「我無意結婚，已經沒有這個念頭很久了！」阿桂像是自言自語，又像是回答著 Makoto 之前提出的問題似的。」

「妳曾有過結婚想法的時候，為何不提出來？我會很開心的。」

「我們之間太客氣了！總以為是為對方著想，其實根本就是不深入了解對方的想法，以致造成很多迷思和自以為是的錯誤認知，常常讓事情陷入膠著而不知所措。」

「這是為什麼我想要有一些改變，很多事情我需要妳的支持，包括成為合法的夫妻關係，分享我所有資產的一半。」

「請不要說出來你任何和財產有關的計畫，不要影響我思考問題的原始性，我喜歡單純的關係，享受沒有條件包袱的兩人世界，你給了 Asa 和我毫無匱乏的家庭生活，我已經非常滿足幸福，多加的，除了成立孤兒院，其它並不會讓我感到加倍幸福感的。」

「屬於妳的，我完全尊重妳的分配決定，這是我這幾個月在日本獨處時決定的，我一直想找機會告訴妳，我將與妳一起分享我的一切，包括財產和我的下半生。不論妳愛我，抑或不愛，請妳都放下壓力；而我的愛，會一直在，這就是永遠！」

阿桂非常了解 Makoto 並不愚蠢，如果不是深愛自己，他不可能做出這樣的計畫和決定的。她很感動他對她的愛的詮釋和付出，然而她心中從小有個心願，也是埋藏在心深處的一種使命感，那才是她殷切想要實現的夢想。

「讓我們彼此都把炙熱的心冷卻一下吧！你真的需要深思熟慮，況且我現在也沒有結婚的心思和盤算，我們一直以來相處互重和諧，感情深厚，一紙婚約其實並不會帶來任何改變。」

Makoto 望著正在操作咖啡機器煮咖啡的伊莉莎白……

「是因為 Alton 嗎？」他心裡這樣想著，卻始終未曾開口詢問伊莉莎白，於是他沉默無語…！

73.

伊莉莎白・阿桂和 Makoto 家居生活雖然恩愛綿長，可是他有時候仍然猜不透伊莉莎白的心思和想法，這也許和她從小的成長經歷背景有關吧！當 Makoto 這麼想的時候，就完全能釋懷了！

「Asa 有沒有告訴你他已經到倫敦與 Alton 見過面，拿回我的行李？」

「哦！是嗎？我和他常講電話，不過他並沒有跟我提及這事。」

「他也沒有告訴我，是 Alton 寫來 E-mail 說的，還把 Asa 誇了一番，說我們的教育很成功。」

「他不知道 Asa 的身世嗎？」

「我不知道，他沒有問，我也沒有提起。」

「這真是耐人尋味。」

「Alton 是一位值得信賴也很懂進退分寸的朋友，就算他有什麼疑惑的想法和看法，也是放在心上自行思索。」

「嗯，中國人有一句成語說「物以類聚」是嗎？我們都是類似性情的人，才會遇見在一起。」

對阿桂而言，對外談起吳振東，會讓她感到緊張不自在；吳振東在她心中自有一片疆界，偶爾的想念，常常讓她模糊了眼界……。她並不想與任何人分享她對他的感受，包括 Asa 在內。說不出來這是愛還是眷戀？她只想保留這一片疆界給自己，用一生的時間，慢慢地把記憶拼湊，親自深埋；如果會忘卻，她寧可選擇濃烈的深記。

阿桂她了解 Makoto 二十年前出現的時候，就已經存在對他的不公平，然而二十年來的感情和家居生活，彼此都有了協調性的互相依靠，相互取暖的信賴和共識。他這麼善良真心，輕鬆有趣，阿桂用全心全意的愛來相守，共扶持，成就了屬於他們深刻雋永的情愛篇章，這也是其它感情無法取而代之的事實。

阿桂明白 Makoto 所說的物以類聚的弦外之音，但她保持緘默代替回答。她想著也許結婚會給 Makoto 帶來安全感，但是自己呢？自己的感受誰來成全呢？她孤單的存活在世上，她的親生父母在乎過她為生存所必需面對的辛酸嗎？吳振東為了保護她的安危，忍痛離開她，當時萬般無奈的二位年輕人，從此人生愛不逢時，有誰在乎過他們二人銷魂蝕骨的扎痛!?

想起這一切，點滴都是無淚……。

閉上眼，任聽窗外春雨聲和著鳥鳴，一時之間纏綿悠遠，一聲聲，一更更，竟忘記咖啡正熱，但也慢慢會涼……。

74.

吳振東越是告訴自己不要去多想 Asa 的事，大腦卻越不聽使喚。

他二十二年前的六月離開了阿桂，當時阿桂並未提及自己已懷孕，推測應是在他離開以後才發現懷孕的，這樣可以大膽假設，如果 Asa 是正常孕期之下出生在二、三月份，那毫無疑問 Asa 是他的兒子，吳振東於是做了一次不是很有把握的嘗試，在三月初他提筆寫信給 Asa：

「親愛的 Asa，我將於下星期在 Glasgow（格拉斯哥）開會，想趁此機會與你在 Edinburgh（愛丁堡）見面，一起慶祝你的生日。　Uncle Alton」

「Dear Uncle Alton，真高興你將來訪，謝謝你記得我生日，我媽咪不愛過生日，每一年我們都是全家聚在一起吃一餐美食，媽咪也會親自烘焙一個她最拿手，我最喜歡的蜂蜜檸檬奶油夾層戚風蛋糕。這次你來，我們正好來個不一樣的慶生歡聚！　Asa」

這就是了！不需要ＤＮＡ驗證，吳振東十分確定 Asa 就是他的兒子！父子兩人竟然都喜歡一樣口味的蛋糕……。

曾經相去千里，各在天涯，如今有了親情的呼喚與連結，吳振東內心將不再流離失所，他終於明瞭為何阿桂一直根植在自己心中無法抹去，原來是兩人之間早已有了血脈相連的 Asa。

吳振東知道阿桂因為自己出生的故事，加上養父母也不刻意為她準備，所以她是從來不過生日的。而從 Asa 的回信中可以了解他很開心叔叔將要來一起過生日，也顯見阿桂和 Makoto 都沒有富養溺寵 Asa，這樣更讓吳振東滿意放心，Asa 會有優質健全的人品素養。

「你喜歡哪兒？我們一起去度假！」吳振東信件一傳出之後，馬上後悔了！他覺得這樣似乎太不尊重阿桂和 Makoto，至少應該事先知會他們夫妻一聲才是，他為自己的魯莽和自私的行徑感到後悔難當。

「小玫，我將到 Glasgow 開會數天，計畫順道到 Edinburgh 探視 Asa，如果 Asa 有空，也許一起度個假，不知你們是否覺得妥當？　東」

如果他們夫妻不同意，吳振東將準備放棄到愛丁堡探視 Asa 的決定，他這樣的想著。

經過了這一番的紅塵歲月，吳振東對阿桂的愛，更多的是尊重和保護，任何會讓她感到一絲不舒服的情緒起伏，他都不會斷然去做，包括如果阿桂否認了 Asa 與自己的親子關係，他也決定成全，絕不給阿桂一絲為難或勉強。

PS：Glasgow（格拉斯哥）與愛丁堡間的距離約為42 Miles（六十七公里）。

75.

Asa 這孩子一直沒有跟自己的父母提及與吳振東見面相聚的細節，只說了已經自行到倫敦拿回媽咪的行李，依阿桂對吳振東的了解，他是不會冒然做出唐突的事情的，何況他正來函，詢問希望與 Asa 同遊的意見。

「讓他們好好開心的相處吧！Asa 已經長大了，他有權利清楚自己的身份真相，選擇自己想要的生活方程式。」Makoto 毫無猶豫的對阿桂大氣的說出他的誠意、包容和體諒。

阿桂覺得她和 Makoto 都沒有問題，只是對吳振東和 Asa 而言，這真相的衝擊太大，她擔心超越他們所能承受的能力，目前還真的是無從揣測。

「東，謝謝你能接待照顧 Asa，我們為此致上謝意。 小玫」

吳振東收到阿桂的回覆，他若有所思，不知和 Asa 再次相聚，會給阿桂夫妻、Asa 和他自己帶來如何的局面演變？

一如往昔的平靜生活，吳振東並無意破壞，他雖然渴望擁有更多機會和 Asa 共處的時光，內心卻有所矛盾，也許阿桂和 Makoto 並不在乎讓他知道真相，但是 Asa 能承受嗎？他的反應會如何？看來吳振東和阿桂的顧慮竟是如出一轍！Asa 天資聰慧，心思又細膩，他不曾向任何人提及自從他見了 Alton 之後的感受，當然也就沒有人能洞悉他內心的想法，以及任何情緒起伏上的章節始末。

人與人之間的觸動，有時是因為彼此有著無法言喻的心靈交流，更何況是有著血脈相連的父子關係，屬於吳振東和 Asa 父子之間的那一份電流，不知是否已悄然點燃？

956 咖啡客棧的生意川流不息，毛頓先生幾乎隔天就會在咖啡館坐鎮喝咖啡，看似研究股情，實則觀測出入的人員。最近風聲鶴唳，有消息大批不法的交易正蓄勢待發，唯目前尚無掌握任何醞釀的細節，所以毛頓先生更加小心翼翼，不容小覷。

76.

吳振東不忙的時候，常常獨坐良久，只要想起阿桂，情愛如潮水，朝夕拍打……，年輕時的癡狂熱戀，讓阿桂為嘎然而止的戀情，歷經艱辛的生下兒子。自己一生單純的人間情愛，未曾期盼能幸福長久，卻萬般沒想到阿桂忍辱負重的留下他們的愛情結晶，這樣的堅持，令吳振東感到愧對難當。如今縱有萬分思念，也不忍唐突打擾，只能任由自己內心澎湃震蕩，無奈的相思離愁，貫穿心頭。

未幾吳振東又收到 Asa 的熱情回覆，希望 Alton 叔叔能陪他一起過生日。

吳振東不忍心拒絕，他在 Asa 的期待下，出現在愛丁堡，再次相見，已經沒有了陌生的距離，而吳振東細膩的情緒變化，在面對 Asa 的那一刻，幾番壓抑下的情感，磅礴沸騰，觸動了父愛，令吳振東的人生規劃，有了全盤推翻的新計畫。

吳振東在愛丁堡的王子街一號，最豪華的飯店訂了有二間套房的房間，從客廳的落地窗望去，愛丁堡城堡和舊城區各自依存的景觀盡入眼簾，白天的景緻與夜幕低垂的燈火，各自雄偉和浪漫。

也許是這樣出奇的寧靜氛圍，兩人在房裡很是自在，各自工作或一起聊天。除了到餐廳用餐，幾乎足不出戶，對吳振東而言，這是他人生空前未有的幸福感動；對Asa而言，他彷彿有一些放在心底的好奇蕩漾開來。

清晨的薄霧如昔地依然煙滯不散，Asa嚐了一口吳振東親手調製的維也納咖啡，好熟悉的味道，那是出自和媽咪一樣的手藝啊！

Asa於是趁機勇敢假設：「叔叔！你曾提過唸書的時候談了一次深刻卻沒有成功的戀愛，請問那位對象是媽咪嗎？」

這突如其來的試探性詢問，吳振東無法得知Asa的肯定度有幾成？但是他似乎招架不住這麼直接，又在他意料之外的問法。

77.

約莫二分鐘的沉默靜謐，吳振東緩緩地說：「相愛……是兩個人的事；而「深愛」，一個人就可以……。」

吳振東既沒有承認，也沒有否認，他覺得 Asa 太聰明，欺騙他顯然是不智的搪塞。

「叔叔！你用盡生命的力量去愛，甚至捐出你的眼角膜，媽咪的光明再現，卻從此是你黑暗的開始，這樣的愛是不完美又自私的，你讓媽咪以後的人生都覺得她虧欠了你，但是卻又無法補償你，所以媽咪會很痛苦的。」

吳振東對 Asa 的另類思維感到奇特又震撼！自己縱橫一生的情報工作的周密度，竟不如眼前年輕兒子細膩的思維。

此時太陽緩緩攀升，愛丁堡的古堡悄悄地映入眼簾，吳振東轉頭避開 Asa，從落地窗望向遠處，一行熱淚流下，他對阿桂一生的思念愛戀幾乎無所遁形，他不知道阿桂要如何用心，才能教養出 Asa 這麼優異聰慧的兒子？同時也發現要停止對 Asa 付出父愛，竟令他遠比當年失去阿桂時更不知所措……。

Asa 輕聲走去起居室，在他的筆記電腦中放選了蕭邦降E大調夜曲，空氣中氤氳的樂音，平靜怡然，氣氛漸有起伏……。

他走過來親暱地靠在叔叔身旁，說：

「叔叔，媽咪是很溫暖開朗的人，若有她不曾或不愛提起的事，一定是鎖在她內心裡不容易打開的。我很感動媽咪的一生有你用生命這麼愛她的朋友，但是這份愛對媽咪太沉重，會讓她為難，我真的不忍心媽咪一生的生活都有所牽掛。叔叔，原諒我的直接，我希望我的評斷有誤。」

幾分鐘的無聲之後，Asa 繼續說：「對你也不公平，你這麼寂寞，空餘的時間都在思念著同一個人。」

「我一點兒也不寂寞，愛情並不是生命的全部，我談過幾場沒有成功的戀愛，但是一生的深愛只有一人，那是精神上的肯定，靈魂內的任性，而觸動靈魂最深處的就是「豐沛的愛和無悔的青春」……。謝謝你的細心觀察，更感動你慷慨的與我分享你的想法。如果不嫌棄，叔叔很高興能與你成為忘年之交的好朋友呢！」

78.

「這是我的榮幸啊！我能感受到媽咪這一生能擁有爹地和叔叔這麼濃厚的愛，真的很幸福和難得。」

「小子！我從來沒有提起叔叔深愛的對象是媽咪啊！」

「至少你們是彼此很熟悉的舊識，而媽咪卻從來不提起你；然後你在我面前每一次提起媽咪，都有一種非常珍愛的表情，一眼就能看穿是不尋常的友誼。我只是有一點兒好奇，當初你們為什麼分開？」

Asa 顯然未受吳振東的回答而影響自己的臆測，任性又篤定的說著。

「也許有一天，你談了一場刻骨銘心卻沒有結局的戀愛之後，你內心深處的那一份眷戀，只想要保持隱私，並不想要說出來與他人分享，這是為什麼叔叔說「深愛是一個人的事」……。」

「我可以理解，尤其是當對方已另有所屬的情況。深愛，應該就是期盼對方一生永遠幸福是吧!?」

「小子，叔叔都懷疑你談過幾場戀愛？是不是每一場都刻骨銘心呢？」

「我沒有，只是從小看我爹地媽咪相處的樣子，我知道他們之間有很深的彼此依靠和關愛。」

「我們先去吃飯吧！我訂了飯店一樓的『Number One』，這餐廳用餐的節奏很慢，但食物和服務的品質都無懈可擊。」

吳振東嘎然而止他們兩人正在進行的談話內容，這讓聰明的Asa感到媽咪一定就是叔叔內心深愛的那位沒有戀愛成功的女生。既然叔叔不願意透露蛛絲馬跡，這更引起Asa的騷動好奇，到底是什麼原因促使他們當初會分開？

餐廳極高級，氣氛優雅無擾，吳振東內心有所澎湃，面對兒子，他多想親口告訴他，自己有多麼深愛媽咪……。奈何Asa的親情是屬於阿桂和Makoto的，他無意也無能為力簇擁分享，只能克制壓抑自己那幾近沸騰的父愛，想到自己一生總是無法在愛裡圓滿，滿腹悲愁，又豈是現在坐在對面一起共餐的Asa所能體會於萬一的呢？

父子兩人開了一瓶上好的波爾多紅酒，吳振東多喝了一些，他有意微醺自己，Asa看在眼裡，竟起了不捨之心，他突然感到自己不應該再有咄咄逼人的好奇心，非得要追問他們年輕時分手的原因。

看來媽咪和叔叔有著無法避免的無奈分手的理由，叔叔真是孤單寂寞，Asa對吳振東突然有了無法解釋的孺慕之情……。

79.

父親與兒子這樣親近的距離，雖咫尺卻天涯。吳振東長年以來心中的平靜，因著Asa的出現，已經漣漪波動攪起了蕩漾，他持續一陣子有了顛覆以往的人生規劃的打算；另一方面，他也不該給阿桂和Asa過多打擾，這一切都是不容輕忽的尊重和愛。

一個星期的假期，吳振東很滿足與Asa的親子時光，這足夠填滿他回憶的扉頁。

「我很快要回波士頓！希望叔叔有機會能來美國找我。」

「我主要的工作範圍在歐洲，去美國的機會並不多，我們後會有期。」

「我喜歡愛丁堡，那有機會我來拜訪叔叔。」

「Asa！你爹地媽咪都是很優秀的父母，你的優質大部份的原因也是源自於他們，你要好好的認真生活，讓他們對你安心，叔叔也會很高興嘿！」

「啊！這是一定的，我們一家三口感情很親蜜，很相愛。」

「真好！Asa，請你千萬要記住，幸福不一定是要轟轟烈烈。「平平安安，擁有摯愛，一生相守」，這些才是最自然從容的人生幸福美善。」

Asa 似懂非懂的點頭同意，內心卻不期然的感到 Alton 叔叔內在隱藏著一種成熟之後的憂鬱，他想要幫助叔叔成為一位快樂的大男生。

回到倫敦的吳振東立刻馬不停蹄地投入工作，卻常在夜深時刻思念 Asa，也不免想起阿桂，不知她是否安好無恙？另外他也著手計畫回台灣的行程。他預測這將會是一趟艱難的回鄉之路，但是無論如何，他要彌補自己對兒子失職的虧欠。

Asa 與吳振東分道揚鑣之後不久，也離開了愛丁堡，回到美國波士頓。伊莉莎白・阿桂與 Makoto 在他之前回到家，他們一家終於又甜蜜團圓。

波士頓的天氣漸漸暖和趨近炎熱，有一天 Makoto 不在家的午後，阿桂為 Asa 特調了一杯冰鎮的維也納咖啡。

「我在愛丁堡和 Uncle Alton 相處了一星期，一起過生日，他也曾經調了一杯和媽咪做的一模一樣味道的維也納咖啡給我品嚐。」

「嗯！他有告訴我們他計畫與你度假的事。」

「媽咪！Uncle Alton 真是一位很棒的長輩，我很喜歡他！」

阿桂沉默了，Asa 特別留意了一下媽咪的表情反應。

80.

「我們曾經相愛過……。」阿桂說著這句話的同時，手上仍在烹煮著拿手的咖啡。

Asa 刻意的注視媽咪，卻發現媽咪並沒有太多的情緒變化，倒是沒想到媽咪這麼直接、這麼慷慨地就道出以前的故事真相。

Asa 正想趁勝追擊繼續發問，此時陽台上 Makoto 飼養的一對牡丹鸚鵡正發出清脆啾鳴聲，阿桂便示意兒子到陽台給牠們餵食飼料。其實阿桂是有意打斷這個話題，她既不知道吳振東與 Asa 相處時，他們的談話內容是否觸及到曾經的過去這些話題？但是不管吳振東如何的說與不說，自己並不想偽造故事，更不想欺騙兒子，只想要避重就輕點到即止。

「我猜對了！我可以感覺你們曾經是很相愛的，但是什麼原因使你們分開呢？」Asa 從陽台進入屋內繼續膩著問媽咪。

「是錯過吧！相愛並不保證最後都會有快樂的結局，Asa！如果你能明白這樣的道理，當面對愛情，因為無法抗拒的原因而無法在一起的時候，就不致太難撐過去。」

「我懂這樣的道理，但我觀察過 Alton 叔叔，他似乎沒辦法忘記媽咪。」

「如果他身邊有喜歡的伴侶出現，也許情況就會不一樣。」

「妳是說像妳遇見爹地，然後共同擁有一個家庭這樣嗎？」

阿桂啜一口咖啡，她未答腔，兒子的話令她內心一揪，不覺思緒飄到吳振東身上，她感到自己已經失去愛吳振東的能力，只能選擇把愛深埋，這也是一種珍藏，她不想也不願意與任何人分享自己內心深處愛的悽愴，包括 Asa 在內。

「媽咪！是什麼原因讓妳面對這一份愛這麼困難呢？」

「沒有困難，錯過就是錯過了！我們的家庭如此甜蜜，爹地這麼愛我們，媽咪不會眷戀過去，這些都是已經翻過的篇章，曾經的相愛美好，媽咪已經印記，成為過去式的曾經歲月。」

Asa 不忍再追問不已，他停止在這兒，誠心希望媽咪、爹地和 Uncle Alton 都能幸福美滿，都能是一生的好朋友。

「我訂了你和爹地喜愛的牛排，該去取貨了。」

阿桂出門透了一口氣，心中想起了吳振東，不知他是否安然無恙？是否感到孤單寂寞？此刻的阿桂，衷心祝福吳振東能遇見心儀的對象。此生無緣，雖愛，卻不逢時；只盼吳振東能徹底忘記自己，從此彼此祝福，縱有相思，也寧可深藏。

81.

吳振東把倫敦的工作安排妥當，他近期將把生活重心轉回台灣一陣子，他要有所為而為，因為從此爾後，他的靈魂生命將不再孤單，他有兒子！

帶著這樣幸福滿足的思維，他對阿桂為他生下兒子並且費盡心力培育成才，內心無限感恩，卻也感慨萬千，自己未曾克盡任何父職，如今他決定要贖回屬於他能為 Asa 付出的那一部份。

回到睽違多年的台灣，二位弟弟為大哥的歸來雀躍同歡，兄弟之間好似回到幼時光陰。在家族的庇蔭之下，他們三兄弟有著優渥條件的成長過程以及優質的教養。

「哥！我們都非常擔心你的眼睛，到底真正是怎麼一回事？」

「我的生活沒有受影響，這才是重點，其它的就不談了！」

大弟旭東了解大哥向來不愛多話的個性，也就不再提起這事兒。

父親進來，早餐廳桌上有父子三人，媽媽正在囑咐廚房管家，為大兒子已經灑上薄薄一層椰子細糖的咖啡杯底倒入高溫而且偏濃的黑咖啡，再搭配二勺新鮮的法國鮮奶油。

「兒子！這是你最喜歡的維也納咖啡，媽媽一直等著與你一起品嚐你的咖啡文學藝術啊！」

「嗯……，這是我的咖啡生活，我喝過口感最好的維也納咖啡是白枚桂調製的。」

「你怎麼就忘不了她呢？都多長的時間了！你不結婚也都是為了她吧⁉」

「Sorry，我談了很多次戀愛都不成功，顯然妳兒子的魅力不足。」

「如果妳能把她徹底放下忘記，那麼你的戀愛談一次，就會成功一輩子。」

「媽！我為了我們的家族企業，已經犧牲我一生的幸福，妳可不可以不要再要求我其它的了！你們繼續擁有亞洲和歐洲之間的航運權，我即時倉促離開台灣，相信一切你們都了解，這等於是用你們兒子的幸福交換來的。」

「所以你就一直不願意回來掌管公司的業務？而寧可去幫美國人做事？你覺得這樣很了不起是嗎？你又如何知道隨心所欲就能獲得幸福⁉」父親終於還是開口了！

「我不覺得我有什麼了不起，我只是不想待在台灣，也對家族事業沒有興趣和野心。」

「我看你這小子說來說去全都莫名其妙，不知道心裡想的是什麼？」

「兒子啊！如果你這次回來，是告訴我們你要結婚了，那就太好了！所有已過的事就別再提了。」

「媽！我說過我不會結婚的，但是這次回來，是真的想與你們和旭東、安東討論商量些事情。」

「哥！有什麼事你儘管說。」

「不急，等安東也在的時候再詳談吧！」

早餐桌上除了小兒子安東出差日本，吳家父母很開心振東回國，他們多麼希望大兒子也能留在公司裡發揮所長，與二位弟弟一起振興家業。

82.

吳振東約了阿郎和美津在學校附近的「紫藤廬」歡聚。

紫藤廬那兒承載著多少他們和阿桂四人年少輕狂的青春年華！紫藤廬依舊，而加添的人間青春印記，卻是太滄桑。

思念阿桂的心情禁不住的地放下又湧上心頭地不斷重複著，還來不及悲涼，卻已唏噓……。

「有什麼需要幫忙，儘管吩咐啊！」阿郎倒是先開了口。

「這兩年你見到阿桂了嗎？」美津接著阿郎之後也問著吳振東。

「沒有，倒是在愛丁堡見了她兒子。」

阿郎和美津兩人聽了，相視對望，臉上表情詭譎複雜；在好朋友面前，吳振東感到輕鬆自在，看見他們夫妻兩人的表情，自己不覺莞爾一笑，但是他依然不想交待和 Asa 有關的任何事情。

「這次回來，除了與你們相聚是很重要的事之外，另外我也有事需要和家族溝通。」

「聽起來像是為了很重要的事情才回來，振東，阿桂好嗎？」

「美津，妳不要八卦，振東怎麼會了解阿桂的情形啦！」
「透過她兒子說，阿桂的生活很平靜幸福。」
「這麼說你和她兒子並非只是見面而已，而是深談過是嗎？」
「他們夫妻培育出來的兒子非常優質，我很佩服。」吳振東有意顧左右而言他的低調回答。
阿郎和美津於是便未在這有關話題上再多語，從交談中他們夫妻未能進一步窺知吳振東內心的感受和起伏。
「振東，你這次回來要處理的事情，是與阿桂的兒子有關嗎？」
吳振東馬上拉起了警戒心，他必需得要非常小心謹慎，Asa是他未來人生中最重要的牽掛，除了保護他，吳振東沒有其它第二個選擇。
「你為了你們的家族，錯過了屬於你自己的幸福，我和美津都很心疼，阿桂的無奈痛苦也是可想而知。但是振東，你因為這樣，便長期的遠離你們家的企業，其實也沒必要。」
阿郎看似不經意的一句話，卻是小心謹慎的意有所指，他想要從旁協助吳振東，卻因為太了解他內斂的個性，便希望透過自己不經意的談話，能令吳振東開口說出需要好朋友協助的可能性。

83.

「謝謝你，阿郎！我從小到大的生活，幾乎是被完美無缺的保護，未曾經歷風雨；一直到認識了阿桂，時光雖短暫，她卻震撼了我的人生！讓我體會了什麼才是生命的光彩和真相！我們都知道她成長背景的艱難辛酸，但是她書唸得比誰都好，她對生活的投入、熱情、善良、聰明，把困難的日子過得饒富興味；從不抱怨，不佔便宜，勇敢又知足，充滿愛的情懷和能量。認識她，徹底顛覆我對生命的希求、探索和感動；但對她而言，認識我卻是她不幸命運的不斷重複，我真的很愧對她。」

「你為何這麼說呢？你與她已分開二十年，何來不幸命運的說法？何況她的生活一直以來都很幸福美滿。其實我和美津曾經討論過，你和阿桂當時若是結合在一起，她不見得會比現在幸福，我是說依你們家的情況，不容易接受她吧⁉」

頓時吳振東突然閃過一個念頭，莫非當年……？

「阿郎！你覺得當年有沒有可能我是犧牲者？」

「我們也曾懷疑過，但時間已久遠，你就別再追究，何況都是你愛的家人。」

美津趁勝追擊接著阿郎繼續說：「唯一有可能翻盤的是，除非阿桂的兒子與你有血緣關係。」

「美津妳又八掛了！振東不是早就說過沒有關係了嗎⁉」

「你不要管啦！振東！我見過阿桂的兒子一眼，她兒子的神情真的與你神似。感覺和媽媽感情很濃厚，看得出來是受過優質教育長大的孩子。」

「我知道我對阿桂的感情是生生世世的，卻在這一生不小心弄丟了她，若是能有機會疼愛她的孩子，對我都是上天憐憫我，恩賜給我的幸福。」

吳振東的回答非常隱晦，他不願意給阿桂母子平靜的生活帶來絲毫的麻煩和干擾，他不會輕易透露與此事有關的口風，包括在好朋友面前，更何況他並沒有經過阿桂的親口證實，來認定Asa與自己的關係，如果阿桂一生不說，他也尊重她！

不過最困難的事，恐怕是接下來所要面對的，可能需要做親子鑑定。技術層面當然沒有困難，但是依自己對阿桂的理解，她不見得會同意或接受這樣的安排，因此很有可能會帶來一場對簿公堂的倫理爭戰。

所有讓阿桂母子受到傷害，或是有一絲勉強阿桂去做的事情，都將令自己裹足不前。

阿郎看出來吳振東的難處，便說：「振東！到我家喝二杯吧！」

他們離開了紫藤廬，逕向阿郎與美津的家前去，三人同時也把年輕時期的風花雪月、花季雨季、勇敢拼搏的點滴回憶，悉數沉澱，再次貼心保存。

而阿桂呢？妳是否偶爾會想起我們曾經守住的燦爛時光？是否依稀記得在紫藤廬最靠近紫藤窗戶下的那一處靜謐的角落，我第一次擁吻了妳，之後妳調皮促狹的說：「原來接吻的時候會忘記睜開眼睛……。」

妳是否知道我、阿郎和美津此刻正流連在妳喜歡的紫藤廬？我倆的最青春花樣年華，已經烙印在屬於紫藤廬前世今生的風華故事裡……。

吳振東陷入沉思，一吋吋相思都來自最深處的愛戀……。

是的，誰不曾擁有青春夢想？誰不想保持年華長存？然而歲月之後，懵懂雖然逐漸遠離，繼而累積的滄桑痕跡，卻冷不防的總出現在寫滿故事的眼神裡……。

84.

「兒子！今天晚上回家來晚餐，旭東和安東也會回家，你二位弟弟等著與你相聚呢！」

「嗯……好，今晚六點我回家。」

吳振東雖然難得待在台灣，家裡仍然為他留了一層樓，三兄弟分居在不同樓層，大弟弟旭東和妻子住在十六樓，結婚多年，膝下無子；小弟弟安東和妻子及二個女兒住在二十樓；吳振東的房子則在二十二樓，有令人讚嘆的夜景，他喜歡獨坐落地窗前，望著一市的燈火燦爛，試著在斑駁光影的回憶裡，想念一生所愛……。

「哥！你這次回來會待多久？」小弟安東在父母家一見到哥哥，擁抱之後閒聊的問起哥哥。

「嗯……，有些事需要協商，也許會待上一陣子。」

大第旭東接著說：「對了，哥！你上次提到有事討論，我們兄弟三人難得相聚，你儘管說出來吧！」

餐桌上，一家五口極其難得的團聚在一起。

「我想……把我已經簽署放棄的權利，重新思考。」

「怎麼⁉你後悔了？是什麼原因讓你改變主意的？」

「爸爸，我知道無功不受祿，我也無意回來管理公司業務，但是有一些基本屬於我的，能否重歸到我名下？」

「兒子，告訴媽媽，是什麼原因讓你改變主意的？是不是計畫要結婚了？」

「媽，妳又來了！我沒有結婚的計畫，單純的說，我想提早安排退休以後的生活。」

「當初可是你瀟灑的簽下拋棄書，我要你好好考慮，你可是豪爽地拒絕，怎麼？反悔了是嗎？」

吳振東緘默不語，他不知如何詮釋有關 Asa 的事？

「這事我沒有意見，如果哥願意回來投入公司的生意，那麼股份部份當然可以重新得到分配。」大弟旭東豪邁地回答。

「你簽下放棄的那一部份，我已經簽署安置在二位孫女的名下了！所以此事不可談，除非你和旭東分別能生出孩子，如果是兒子，那還會有更多的繼承部份。」老爸接著說。

「或是你弟弟的女兒們願意再返還屬於你的部份。」吳太太說這話的同時望了安東一眼。

一時之間 Asa 的身影閃過吳振東腦海。

如果老爸老媽知道有位孫子的存在，該會有多振奮！吳振東這樣想著，心中那「今夜聽雨，唯滄桑獨長嘆」的無奈，突然感到自己份外孤單。

安東也提出了自己的難處：「這事我得和娟娟商量，畢竟小朋友尚未成年。倒是哥，我比較好奇的，是什麼原因讓你十年後改變心意呢？你遇到什麼困難了嗎？如果真有難處，你儘管提出來，我們一起來面對和商討。」

85.

「我很投入我的工作，也很順心，沒有遇到瓶頸和困難，只是想讓自己老去的生活增加一層保障和寬心。」

「你還年輕，老去的話題言之過早，振東，回來吧！爸爸才真是逐漸老去，爸爸需要你！」老父難得柔和的對著大兒子啟動了親情攻勢。

「爸！二十多年前，我撐起的企業持續營運，讓我們公司不致垮台，那是用我一生的幸福換來的！原諒我只能選擇遠走他鄉，我真的不願意回來，這樣讓我每一天過得生命沒有氣息，我不想這樣的對不起自己，求你們放過我回來管理公司的念頭吧！何況我在倫敦的工作已經有自己的一片領域。」

「哥！我能理解你的想法，也很尊重你的決定，更是感謝你當初為家裡的犧牲和付出……。」說到這兒的旭東，一時竟然哽咽起來……。

「都過去了！生命無法重複活過，所以我想往後的生活讓自己能豐富一些，平靜一些，也許更老的時候，多參與一些實質的公益事業。」

「公益事業一直是我們的動力範疇之一啊！你們媽媽一直是基金會執行長，振東，如果你有一番計畫，我們也可以另闢專項公益啊！」

「爸，我認為的公益，應該是和投入弱勢族群有關，而不是創作美談的基金會或錦上添花。」

「怎麼由你嘴上一說，我們公司的公益就是錦上添花了呢？這麼說你老媽可不高興了！」

「媽，對不起，妳做得很好，我無意疏忽或挑釁妳所做的事。」

「我了解，但是兒子，媽媽告訴你，這是人在江湖，身不由己啊！媽媽也很想過閒雲野鶴的日子，但是我們有社會責任，這可是無法隨時耍任性的。媽媽雖然懂你，但是無法避免的依然期盼你能回家歸隊啊！」

「哎！老哥難得回家團聚，我們有事慢慢再商討，先嚐美食，喝美酒吧！」安東有意地把氣氛緩和，建議先行享受全家人難得的天倫之樂，其它之後再談不遲。

凌晨三點，吳振東躺在床上輾轉難眠，他不知道如何向阿桂提起 Asa 的事，如果是自己主動問起，有可能永遠失去 Asa；再說回家來為 Asa 爭取權益，阿桂不見得領情，想起這件頭疼的事，吳振東不知找誰傾訴？

其實他不了解，Asa 將承受到的衝擊，怕是任何人都無法臆測的。

956咖啡客棧因為阿桂回來崗位，似乎又更活絡起來，她為咖啡館帶來的鮮活氣息和氛圍，是吸引客人上門的主要契機，小心想念她，秀美阿姨，還有秀蘭……也開心她回來，阿桂滿意這樣的工作環境，她很感謝小心為咖啡館的付出。

86.

「我不同意！事隔十年，大哥為何改變初衷？你不覺得我們需要弄清楚原因嗎？何況一切都是經過合法程序轉到我們女兒名下，這種事還能反悔的啊!?我絕對不同意！」

安東的太太激動的不讓，她要安東去打聽清楚吳振東改變心意的主要原因是什麼？同時自己也已經開啟保護女兒權益的機制，將不惜面對爭奪。

「娟娟，哥有說是想給他自己一個比較豐富的退休生活，其實沒有大哥的這一份，我們二個女兒的生活絲毫也不會受到影響的啊！」

「我才不相信事情如此的單純。哦！對了，他是不是想結婚了？」

「不是，不是，他從來不想結婚的。」

「那就更離奇了！當初是大哥簽下放棄書的，爸爸經過考慮之後贈給孫女，一切公開合法，怎麼可以隨意更改？」

「他是我哥，他對公司有付出更有犧牲，何況這原來就是屬於他的，他有需要，我們應該返還。」

「你少囉嗦，少點意見，二個女兒還小，我們是監護人，得要小心翼翼的保護二個孩子。」

娟娟在公司裡任有要職，當初是她建議公公，大哥既已放棄，不如轉讓給孫女，這樣可以保護資產不外流，幾經考慮，公公同意並成功轉讓到安東的二位女兒名下。

如今卻要讓已經到手的家產重新釋出，恐怕任誰都不樂意，娟娟已經決定了絕不鬆手！

吳振東接受父親的邀約，陪他打了幾場高爾夫球，父子倆會在球局之後一起吃飯閒聊。

「振東，爸爸向來不過問你在國外的生活細節，為你開在哈洛德百貨內的餐廳，我也未加干預；另外根據瞭解，白玫桂在美國已經結婚並且有了家庭，若不是因為這樣，我會認為你想恢復繼承是和白玫桂有關。」

吳爸爸果然是在商界見過世面的大佬，和兒子說話也能不漏痕跡的咄咄逼人，其實是有意的用自己的方式來評價白玫桂的為人。

「爸，這事和任何人無關，我和玫桂的事情早已經事過境遷，請你不要再拿她來混談，還有……，是我先離開她，對不起她，我希望大家都不要再提起這件事，尤其是對她人格有所誤解的非事實的事。」

「聽起來你並未將她忘記，你這孩子太固執任性，當初若你未曾離開，也不見得有機會與她結合。如果你所說你們已經成為過去式，那是什麼原因你要堅持不婚？是在等待什麼？」

「爸，請不要在這件事上做無謂的、沒有根據的猜測和推論。對玫桂，我只有祝福，沒有在等待什麼，雖然我也曾努力過幾段感情，但是弱水三千，只取一瓢飲。爸，這是男人之間，我對你最誠實的自我頗析了！我相信依你對自己兒子的了解，我不是會輕易對女性心動的人，由此可見玫桂絕非泛泛之輩，求你以後未經證實，請別再對她擅自做不實的批評。」

父子兩人沉默良久，吳振東不願意回到公司任職；吳爸爸不容自己輕易爽約，尤其是已經轉到二位孫女名下的資產。

吳振東感到事情似乎陷入膠著，經過與父親一席談話之後，他突然感受，也許不要爭取，才是阿桂所樂見的。

87.

這樣的想法一出現，吳振東立刻悟出了一些方向，他的餘生除了愛護阿桂和 Asa，也絕不為難阿桂！況且他非常了解阿桂不為利誘薰心的心思和所為，她雖有溫和的外表，隱藏的卻是千磨萬擊之後堅毅不屈的內在。

「同學圈都知道你回來了！大夥兒問你要不要來一次難得的聚會？」阿郎約了吳著振東見面，他試探性的問吳振東與昔日同窗相聚的可能性。

吳振東沉默沒有回答，好似在思索考慮著，阿郎於是接著問：「大家說阿桂已經回到台灣了，你知道嗎？」

聽到這句話，吳振東直接就說：「我暫時不想與同學見面，人多嘴雜不是我喜歡的社交方式，何況大家分開太久了，我已不再想起。」

「振東，我了解……，好兄弟請恕我直言，你準備就這樣過一生嗎？阿桂早已經有了她自己的幸福，你也得要有你自己的人生啊！」

「我很了解自己的人生，你不會了解阿桂曾經為我所承受的困苦挫敗和艱難；我很享受目前自己的生活方式，不受干擾，工作有願景，心中有烙印和所屬。嘿！我感覺自己很幸福呢！」阿郎未再多語，他想著，到底是什麼原因，可以讓一位如此優秀的男人心如止水呢⁉

「我和美津也曾鬧過離婚，結婚第四年，我有意的出軌了！那時候我很徬徨，美津持續吵過一陣子。」

「是被誘惑了？還是對婚姻失望？」

「我覺得是貪戀享受美色吧⁉在你面前我也不需要偽裝，哈哈。」

「我們是男人，我了解的，誠如我在倫敦，也談過幾次戀愛，我很努力的全心投入，但最終還是發現，不過是男歡女愛一場，實在無法開花結果。」

「是因為忘不了阿桂是嗎？」

「不瞞你說……，是的，我無法將她從內心釜底抽薪全然忘記，真的沒有辦法。」

「如果你們年輕時候有結果，也許相愛的甜蜜會受日常紛擾，相錯爭執交纏總是會有的。」

「那是一定會呈現的現實生活，但是阿桂永遠是我內心的唯一！」

「阿桂是值得你的深情以待，但現實是，她有兒子，是別人的妻子，你最好是另覓幸福。」

「阿郎，我早已尋覓自己真正的幸福，我並不孤單。」

88.

阿郎聽了吳振東的回答，沉默的望著眼前的這位好哥兒們，心中的疑問幾乎要脫口而出。

「阿郎，你有什麼疑惑的事情儘管問吧！」吳振東倒是準備好了要對阿郎坦白 Asa 的事。

「好，那我問你，阿桂的兒子與你……，我是問，你要怎麼處理解決？哎……我的意思是怎麼與你家人溝通？」

「阿桂未曾對我提及任何和 Asa 身世有關的事情，只是一年多前，他們在日本滑雪度假，Asa 摔斷了腿，她在第一時間通知我，我判斷這是心照不宣的告知，不知你覺得是不是呢？」

「我不猜測事情，但我認為當初在你之後，阿桂也突然不告而別的離開學校，這事和她兒子應該是有直接的關係。現在想想，她一定是承受了很多苦難。」

「我虧欠阿桂太多，只有更深愛，不需文字，不需承諾，聚散本就無常，把她烙印在我的心坎，已經是生活的日常，所以我一點兒也不孤單。除非她願意告訴我，否則我不會開口問起和她兒子有關的事情。但是，阿郎，我真心想為 Asa 付出一些，只因為他是阿桂的兒子，其他的我不需要去追究，你說是不是？」

「我支持你這樣的想法，這些都因為曾經深刻的相愛過。我和美津也相愛，但是生活的瑣瑣碎碎取代了曾經的深刻，我們一起經歷扶養孩子的過程，兩人的親蜜關係逐漸式微，現在比較像是家人，是親情。自從我外遇之後，心裡一直感到對她有虧欠，有時候甚至希望她也去談一場外遇戀情，好抵銷我對她的愧疚感，哈哈，好笑吧!?」

「你在外遇的過程中到底有多投入？當時有考慮過離婚嗎？」

「對方很認真，我們因為公事，而有諸多重疊的接觸，所以我幾乎是漸進式的沉淪，那是和美津在一起完全不同的氛圍和感受。但是饑渴激情有時效，之後兩人若無法昇華，感情容易過期，然後腐壞。我沒有想過離婚，後來和對方是和平分手，我很後悔有這麼一段婚外情，很長的一段時間美津和我分房而居，我們修復的時間比外遇期間還要長，身心俱疲。」

「男歡女愛就算了，你要先求自我告解，然後和解自己，重點是既然選擇回歸家庭，要更加疼愛美津，發自內心的那種加深。」吳振東有情有義的勸說阿郎。

「我有，去倫敦找你那一次，我們已經修復，而且現在彷彿親情般的感情，堅如磐石，內心很踏實。」喝了幾杯紅酒，兩人聊興正濃，吳振東的手機電話突然響起。

89.

「東，是我！我從 Peter 那兒得知你正在台灣，抱歉緊急告訴你，我在 John's Hopkins Hospital（約翰・霍普金斯醫院）已經等待到眼角膜，是一位剛剛過世的年輕男性捐贈者，眼角膜二小時前才摘取，一般取出後的細胞存活時間只有十四天，移植手術必需在摘取後一星期之內進行手術完成，或是越快越有利，希望你能儘快飛到 D.C.，請問能在七十二小時之內趕到嗎？我會在醫院陪你進行手術。」

吳振東愣了幾秒，說：「小玫，謝謝妳……。」

靜坐一旁的阿郎也開口：「振東，快準備啟程吧！不要辜負了阿桂的深情。」

其實阿郎並不知道阿桂眼睛曾受傷，當然更不了解吳振東就是捐出眼角膜給阿桂的人。

「阿郎，我愛阿桂，只有愛得更深，更沉默。」

阿桂比吳振東早一天回到波士頓，她親自告訴 Makoto 和 Asa 這件事。

「阿桂，妳需要好好陪伴 Alton，妳的全力支持是支撐他手術與治癒的原動力，完全不需要考慮其它的支節細末。」

「媽咪，我也可以去探望 Alton 叔叔嗎？」
「謝謝你，Makoto，我很感恩你的慷慨支持，還有 Asa 你的心意。」看到父母之間互動的這一幕，Asa 感受到家裡愛的能量泉湧不歇，原來爹地和 Alton 叔叔對媽咪用情之深，竟然超越他所能想像。

阿桂打點了吳振東來美之後的一切術前術後的所有細節，像對待家人一般的用心。
吳振東再見阿桂，見到她理性與柔情並蓄的眼神，吳振東適時湧起了激動，即刻深情擁她入懷，他對阿桂的用情，藏在不見底的深處。
「手術一定會很成功的，我陪你！」
「我真的沒有在乎手術，但能與妳短暫相處，我彌足珍貴。」
「Asa 說過了期中考，他來看你。」
「Asa 實在很聰明，他猜出來了妳眼角膜的事。」
「嗯，他很聰明善解人意又體貼，很多事情不需言語，他都輕易理解，也不多問。」
兩人幾乎同時脫口而出……「這點很像你……。」
時間漫漫，默然相愛的兩人，彼此停在這一句話……。之後，心靈的沉浸交匯，寂靜而致遠。
醫院的長廊，微黃的秋陽斜射，無盡的回憶鋪滿阿桂的心田，二個小時又二十分鐘的手術，阿桂期待吳振東重拾光明，好好的、更清楚地享受這絢麗絕美的人間景色。

Makoto 忙碌的工作，他真心希望阿桂好好陪伴照顧 Alton，他的內心存在著對 Alton 的感恩，和對阿桂一生鍾愛不渝的眷戀愛意……。

90.

「晚上睡眠的時候需要保持側姿，以不壓迫開刀的眼睛為原則，三個月內必須隨時戴上眼罩，包括晚上睡眠的時候；避免任何會造成眼壓上升的動作，例如突然轉頭，彎腰提重物，大力咳嗽，劇烈運動等；六個月後或是等到傷口完全恢復時，需要回醫院拆線；眼角膜因為沒有血管，所以排斥機會不大，但是一年之內或更長的時間都有可能因為意外突然產生排斥現象。」

阿桂很有經驗和耐心的叮嚀著囑咐吳振東不可掉以輕心，他感到莫名的幸福，如果能天天見到阿桂，他寧可賴在醫院不走，便說：

「小玫，妳天天到醫院照顧我，Makoto 會有意見嗎？」

「是他鼓勵督促我要好好照顧你的，他除了是一位正人君子，也很善良。」

「我了解，一定是這樣的，否則妳也不會與他在一起，妳要永遠這樣幸福。」

「一般眼角膜移植手術後需要留院觀察六至十天，我安排了二個半星期，共十八天讓你留院，希望你能獲得充份靜養。出院後每星期一次回診檢查傷口；一個月之後，每月安排一次回診；至少六個月的時間，角膜縫線才能拆除，之後再需要每三個月複查一次，以減少遠期手術後的併發症感染的機會。」

「謝謝妳的細心安排，並代我謝謝 Makoto 的大方通融，感恩在心頭，銘記於心。」

「手術後六個星期才能確定你的視力是否慢慢在恢復，之後需要不時的再回來複診，所以我已經租好半年的公寓，期間你可以來去自如，但是請勿錯過任何一次回醫院的複查進度。」

「嗯，我需要回去一趟倫敦，台灣也有事情需要處理，但我會遵守醫院的回診日程。費用我會承擔，請妳不要費心。」

吳振東並不知道阿桂已經付清所有的費用，但是阿桂未多做解釋和說明，她在乎的是吳振東能否恢復正常視力，擁有更佳的視野，去品味這曼妙的人生。

阿桂陪伴著吳振東，想起過去與吳振東相處的點滴烙印，雖然短暫，卻足夠豐富她的一生。

纏綿有時，情愛無盡；經過流金歲月，如今再見，相愛依然，卻終需別離……。

才記得提醒自己要忘記，卻又相思想起……。

而吳振東這廂，思索的是什麼呢？

91.

冗長的考試結束，Asa 提著媽咪準備的食物和自己買的花束，果真出現在醫院。

重見 Asa，吳振東心喜，加上手術順利，他覺得人生最優質的幸福滿足就是此刻。

「叔叔，雖然我們是在這兒的醫院再相見，但是你的手術成功，我們都很開心。」

「謝謝你們一家，讓我除了恢復視力，也享受了滿懷關愛，不過就是太打擾你們了！」

「我們一家都不喜歡客氣哦！你把眼睛照顧好最重要，來吧！想去哪兒走走，我們一起去。」

「我哪兒都不想去，倒是在 D.C. 需要見幾位工作上的朋友，然後安心養好眼睛，你有空檔的時候我們聚聚，叔叔就覺得很開心滿意了！」

「這麼簡單輕鬆啊！對了，下個月我和二位同學在日本、新加坡有辯論賽，是一個很關鍵性的比賽，需要很多的準備工作，但是現在陪伴叔叔沒有問題。」

「你媽咪幫我租了公寓，等我出院，有空歡迎你過來相聚。」

「哈哈，那不是租的，是媽咪生我之前她自己努力存錢買下的，一直都空在那兒，外公外婆來住過一次，舅舅來玩的時候會住在那兒，媽咪偶爾也會在那兒待上幾天。」

「是這樣啊！」吳振東內心湧起一陣陣心酸，他想像著阿桂當時孤單一個人，離鄉背景，努力工作存錢置產，哦！那時不就正好懷著 Asa 嗎?! 想來一番愁腸心痛，這一生，怕是再也無法彌補對阿桂的愧疚。

Asa 見叔叔突然靜默，他雖不理解緣由，但心中自是了解，一定是觸動叔叔過往的歲月曾經，聰明的 Asa，明白了有些不經意的話題，總是會牽動他們老人家的回憶，自己要留意一些才好。

「嗯，我很小的時候曾經和媽咪住在那兒，我對那棟公寓也很有感情，所以媽咪一直留著它。」

「對，你媽咪是很念舊，很珍惜感情的人。」

「我爹地也是，他們有空的週末都會到孤兒院去幫忙。」

「我很可以理解，他們是一對有愛心又善良的夫妻，Asa，你很幸福！」

「媽咪一直以來的心願就是辦一所附設學校的孤兒院，她說退休的時候，她要全職奉獻在孤兒院。」

「你媽咪真的很了不起，她很努力，樂觀進取，心中永遠有愛，是非常值得我尊敬的好朋友。」

「對啊！她從來不提小時候的負面環境，她會細述她獲得多少人的幫忙和照顧。叔叔，你知道我媽咪其實是剛出生就被棄養的嗎？」

「嗯，我知道……。」吳振東避重就輕的繼續說：「她唸書的費用都是靠自己打工賺來的，朋友之間的幫忙，她從來不接受。」

「所以那個時候叔叔也曾經想要幫忙媽咪？」

「我們有幾位朋友之間感情很好，在一起互相幫忙是很正常的現象，但是你媽咪總是自己撐過去。」

「媽咪很堅持生活要勇敢，我是她兒子，我很能體會了解。」

從病房窗外望去，一片片黃葉席地鋪陳，秋意正濃……，安靜了幾分鐘，Asa 起身要離開，他答應改日陪叔叔看看他從小成長的環境。

92.

吳振東非常珍惜與 Asa 相處的時光。

Asa 談起小時候的光景，總是無比雀躍歡喜，吳振東深信他充份享受父母之愛，擁有非常幸福快樂的童年。

Asa 帶著吳振東幾乎走遍他從小成長的環境，從小學、初中到高中，還有他們一家三人常去幫忙的孤兒院，其中也細述了一些生活點滴：「記得媽咪因為工作任務，在倫敦待了約一年，爹地為了不讓我太想念媽咪，便帶我玩遍各地的狄斯奈樂園，看盡博物館，星期假日就一起看電影放風箏，也陪我讀書，還教我怎麼讚美女生，做一位風度翩翩的男生。」

聽到這些敘訴的吳振東，真是感慨萬千，他為自己失去與 Asa 經歷成長的過程而惆悵不已。看來 Makoto 對 Asa 有著愛屋及烏的寵愛，從小沒有缺席對 Asa 的父愛。這些感觸讓吳振東既感到莫名的安心，卻也有萬縷傷感……。

Makoto 所擁有的正是吳振東他自己所失去的，他內心嘆造化弄人，悲自己愛無所愛；人生有過往也有境遷，唯自己早已人生無盼。朝日晨曦，晚間霞光，都是獨自面對，去度過自己的時光。

Makoto 對 Asa 的細心疼愛，以及對阿桂的真心付出，讓吳振東感恩安心之餘的內在，猶有萬般的五味雜陳……。原來這一生，思念好漫長，相聚卻又太匆匆……。

阿桂似乎有意避開與Asa一起和吳振東三人同時相見的機會，她也盡量不來打擾他靜養身體，而這兩天因為Asa有幾場羽毛球比賽，不克前來探視，於是她便帶著親手做的食物，來到公寓……。

「我和你的主治醫生談過了，你的視力恢復的不錯喲！」

「小玫，真的謝謝你們，多虧你們的照顧，請代我謝謝Makoto，還有Asa也很貼心，他真是一位很好的晚輩，你們教養的真好。」

「不要客套，我的視力是你給予的，這些都是我應該做的。」

「Asa還帶我去參觀了你們常去幫忙的孤兒院。小玫，有什麼我也能幫上忙的，請讓我也能盡微薄之力吧！」

「慢慢兒再說吧！投入孤兒院的義工，非一朝一夕的幫忙而已，那是源遠流長的職志。」

「嗯，哦！有件事我要與妳商量，更想要聽聽妳的意見。」

「你說。」

「我在我們家族有一些繼承的產業，我既無婚姻，也沒有家庭，就是孑然一身；既然我和Asa這麼投緣，也很喜歡他，加上他是妳兒子，我……我想把這些留給他，不知妳的看法如何？」

93.

阿桂為吳振東和自己調煮了二杯維也納咖啡，桌上置放了她親手做的蜂蜜檸檬奶油夾層戚風蛋糕，那是早期吳振東所愛的甜點，兩人在餐桌上對坐著。

「謝謝妳做的蛋糕。」

「嗯！我也很喜歡。」阿桂接著不慌不忙地繼續說：「你的問題，我無法代替 Asa 回答你，我一向教育兒子，所有的不勞而獲，最終都將成為過眼雲煙，這其中當然包括了情感和外在的資產；Asa 雖非 Makoto 所親生，但是在他出生之前，Makoto 便開始從關心，到出生之後慢慢衍生而出的父愛，他們是真正的孺慕情深……。」

吳振東完全出乎意料之外阿桂是用如此平靜的方式，官宣 Asa 的出身，他歷經多重特務訓練，卻總是在阿桂和 Asa 面前不知所措。

「Asa 完完全全是妳和 Makoto 的兒子，在你們夫妻面前，我無以遁形，虧欠之情無以言喻……。」

「你不要這樣覺得，人生的每一階段時光，都承載著不同的背景和故事；有滄桑有歡樂，也有各自所呈現的環境和條件；只有心之所向，才是最終的歸屬。Asa 已經長大，不管他是否與你相認，

Makoto 和我完全沒有任何意見，我唯一希望，他不要成為你和你家人的難處。」

此話一出，吳振東雖回以平靜，卻有藏不住的動容，他的愛更深遂而無法自拔。

吳振東和阿桂兩人之間繼續沉默著，只有音樂伴隨空氣中凝聚的氣氛宣洩出來，他內心強行壓抑著深愛的感情，卻不小心讓情緒排出了口……。

阿桂抬頭一望，告訴吳振東：「你的眼睛濕了！醫生囑咐不可以激動流淚。」

於是拿出消毒過的紗布，繞過餐桌，一貫溫柔地為吳振東擦拭潤濕了的眼框，兩人接觸，不禁深情擁吻……。

94.

湛藍天空，纖雲不染的清晨，幾道彷彿金黃絲線重疊交纏的晨曦初露，透過客廳的落地窗穿透直射，滿室香氛，溫馨而璀璨。

阿桂起早準備兩人的早餐，Makoto 拿了份當天報紙，親吻阿桂臉頰後坐了下來，在餐桌上和阿桂閒聊著。

「昨天我向 Alton 說出 Asa 和他的關係了！」

「哦！是什麼原因讓妳突然想說出來呢？Alton 有感到意外嗎？」

「沒有，他似乎也很平靜，猜他已經知道原委一段時間了！他說 Asa 完完全全是我們的兒子，他對我們感到虧欠……。」

「嗯，Alton 真是一位正人君子，他有很優質的氣度和修養。」

「Makoto，你不也是這樣的嗎？」

「我不如他，我做不到像他那樣。」

「他還提起說有份屬於他的產業要留給 Asa，我告訴他，Asa 已經成年，我不能代替他回答是否接受。」

「對我們三人而言，這事都不足以令我們掛意，但 Alton 的心思我是可以理解的。」

「他也許需要去面對他與家人之間的抗衡，但是我絕不讓吳家的人對 Asa 有過多的想法，單純的相認，是一份圓滿，若摻入其它的雜念，讓 Asa 情何以堪呢？」

「阿桂，妳覺得我們要如何向 Asa 提起這件事呢？」

「我倒也想聽聽你的意見。」

「我沒有特別的意見，但是我知道對 Asa，要非常小心謹慎地切入告訴他，否則怕事情不可收拾。另外，我還是要告訴妳，如果 Alton 與 Asa 他們父子相認了，妳若願意與他們在一起，我也樂意成全。」

阿桂默然了！起身收拾碗盤，整理桌面。

在 Makoto 上班之後，她離開家，來到 Piping Coffee 沉思一整天，那兒是她與 Makoto 初識的咖啡館。也是在那兒，Makoto 漸漸愛上她的，那時候她懷孕，孤單無助，Makoto 陪她度過無數個晨昏，冬季、雪季、雨季、花季，他們細述分享彼此的人生故事……。

想起這些點滴，倍感甜蜜，那是一種涵蘊著煙火氣的愛戀情愫，窩心又接地氣。

直到兩側的街燈亮起，阿桂想起了回家。

客廳是暗的，Makoto 下班回來，發現端坐在暗處的阿桂，他內心一揪，走向沙發擁抱阿桂。

「我不要離開你，請你不要放棄我和 Asa，就算 Asa 了解了真相，他也不會離開你，他是我兒子，我很了解他的感情和個性……。」

此時的阿桂，淚已成河。她的萬分柔情，融化了 Makoto，也粉碎了自己一直以來的堅強。

95.

「小玫，倫敦有新進特務人員訓練，抱歉我需要急促離開 D.C.，醫生的所有囑咐我會遵循，請勿念！妳好好的生活，相逢雖短，這回憶卻成為我思念妳的時候最溫暖的陪伴……。再說一聲保重，妳好好的！　東」

阿桂讀了吳振東的 E-mail 之後，心情看不出有什麼起伏，抑或是她再次閉鎖了內心的情感⁉

吳振東剛出倫敦 Heathrow Airport，迎面見到多時未見的米雪兒……

「妳怎麼來了？」

「我來接你，你好嗎？」

「我都好，謝謝你來接我。」

米雪兒看了一眼吳振東，欲言又止，倒是吳振東先開了口：「是 Peter 告訴妳的是吧⁉」

「嗯，是，因為我問了他。你的眼睛都正常了是嗎？走，我們去慶祝你的視力光明重現，先去吃飯吧！」

米雪兒顯然已經訂好餐廳，入座未幾，喝了幾口紅酒，她率先開了口：「Alton，我想要回到你身邊，我想通了，就算不結婚，我也想要和你在一起。」

「雪兒，我們曾經很甜蜜，妳這麼優秀又迷人，任何男人都很難不被妳馴服，我愛過妳，更是曾經認真考慮與妳長相廝守，但是我在感情上太任性，伊莉莎白是我一生情感唯一的依歸，我可以與妳在一起，偷走妳的感情，然後呢？我不能不在乎妳的感受，也不允許自己如此無賴！」

「我願意承擔自己的感受，我渴望成為你的人生伴侶，因為我真的愛你，所以我能理解和接受你對伊莉莎白一生的愛戀不悔。」

「不會的，我不會這樣做，我們已經事過境遷，請讓一切隨風而逝吧！」

晚餐結束，米雪兒希望吳振東能溫柔陪她一晚……。

「我長途飛行累了，我們改天再聚，我會提出邀請妳。」

吳振東下了米雪兒的車，逕自進了家，米雪兒坐在駕駛座上，想起他們以前的甜蜜歡樂，愈發感到對吳振東的愛更濃烈了。

倫敦的工作讓吳振東忙碌了起來，他壓根兒忘記曾經答應米雪兒要邀請她相聚的這事兒。

伊莉莎白・阿桂有幾次在不同的機場擄獲毒梟，她的敬業、專業和機智反應，是她在工作上屢獲捷報的主要原因。在工作和生活日常，伊莉莎白・阿桂看似平靜而毫無波瀾；此時此刻，沒有人能夠窺出她內心的蕩漾起伏。

自從吳振東上次離開華盛頓 D.C. 之後，有幾次回到約翰霍普金斯醫院複診眼睛，都是耽擱二天便離開，未曾與阿桂聯繫。

走過滄桑歲月，經歷凡塵孤寂，相愛的兩人雖然刻意地埋藏深愛，互不打擾，卻依然明白，心中有彼此的溫情總不經意的瀰漫……。

96.

每當夜半鐘聲響起，吳振東孤影獨眠，份外想念 Asa，當然也想念阿桂，但是他並不眷戀紅塵，只喜歡享受心有所屬的滿足。

想起自己生命裡擁有二位至愛，他們雖與自己不同居在生活裡，但是他們活在自己的生命與靈魂深處，這是中年以後得到最感恩的生命恩賜與禮讚，他不禁感到來自內心萬分感動之後所呈現的，除卻了浮名浮利之後的柔腸幸福。

常常想起阿桂以如此祥和平靜的方式對自己官宣 Asa 的身份確鑿，雖震撼卻不感意外，這就是他所了解的白玫桂一貫處理事情的方式和態度，沉著冷靜，不卑不亢，不偏不倚。他雖然渴望與 Asa 相認，但是若因此打擾他們全家已經存在的平靜生活，這事非他所願；讓阿桂母子過著平靜幸福的日子，對吳振東而言，其意義遠甚過突然的親子關係判定。

「Alton，一個月了，我還在等你約我見面相聚呢！」米雪兒耐著性子等了吳振東一個月後，依然等不到他，還是先撥了電話。

「哦！真是抱歉，實在是太忙了，下星期我約妳。」

「那就下星期二吧！星期二是你的 Research Day，我也正好有空。」

「好！」

「來我家，我做食物。」

「妳不要忙，我們約在 Harrods（哈洛德百貨公司）見面。」

吳振東有意約在百貨公司，因為營業時間適合他早些結束餐聚。他當然明白米雪兒對自己的心意，但是春水已東流，他無心也無意再吹皺一池春水，不想自欺又欺人。他的內心只有一個位置，再無多餘的空間承載他人。

Washington D.C. 下起雨了！這氛圍像極了多霧之都的倫敦，兩地的距離那麼遠，相思卻那麼近，近在咫尺，近在心坎兒上……。

「媽咪，Alton 叔叔眼睛都恢復了嗎？前兩天我問候他，才知道他最近又飛來 D.C. 複診，應該一切都好吧？」

「應該是，他沒有和媽咪聯繫。」

「媽咪是妳太忙了嗎？」

「前一陣子媽咪跑很多的機場工作，也許他不想打擾媽咪吧！」

「叔叔太客氣了！我最近忙著準備亞洲的辯論大賽，沒有時間關注其他事情。」

「對了 Asa，你在日本的辯論比賽什麼時候舉行？」Makoto 順口問了 Asa。

「下個月十號，但是我會提早三天抵達日本做賽前的練習和準備。」

「嗯！你這次的比賽很重要，爹地正好工廠的汽車零件配套需要庫存點收，我陪你一起去日本。」

「好哦！那太棒了！我們又可以和阿勇叔叔在一起搞怪歡樂了啊！」

97.

夜晚就寢前，阿桂問了 Makoto：「你真的下個月在東京要清點庫存嗎？」

「並沒有，不是的。我覺得 Alton 既然已經了解 Asa 的身份，他的家人恐怕很快會採取什麼行動，為了 Asa 不致一時突然太驚訝起伏，我們盡心來保護他是有必要的。」

「謝謝你，Makoto，你的設想真是周密，這個問題也是我所在意的。不過我認為 Alton 短時間之內不見得會告訴他的家人。」

「嗯！我們可以像妳說的這麼推論，但是不能不有所防備。Asa 是我們的寶貝，他不是用來爭奪的物件。」

阿桂很感動 Makoto 的愛心和細心，但此刻她突然感到壓力似乎排山倒海撲面而來，夜裡輾轉難眠，阿桂屢次自問，是不是自己什麼事情做得有欠周詳!?

浮塵多霧的倫敦，下午四點仍未見煙霧散去。米雪兒套了一件奶米色V領羊絨毛衣，外披短版駝色風衣外套，心想著要搭配吳振東一貫的長版駱駝色風衣。

她悠閒地走進哈洛德百貨，逕自上了五樓高檔的吳家餐廳（Chai Wu）。

同一時間，吳振東從騎士橋站（Knightsbridge Station）出了地鐵，直接通過漢斯路十號（10, Hands Road）的前門進入建築物內，並馬上經由專用電梯直通五樓，出了電梯門，看見左前方的，「Fendi Caffe」，想起阿桂離開倫敦的前一天，他們在此巧遇，同行的還有Peter……。

吳振東很快走入「吳家餐廳」，有多位工作和服務人員連忙禮貌謙恭問候。

米雪兒看見了便說：「我們都很準時啊！」她看起來心情愉悅，心中因為見到吳振東而歡喜。

「嗯！時間是我們工作的第一任務，必需分秒不差的。」

「你搭地鐵來的嗎？我開車來，晚上我送你回家。」

「我需要早些離開，妳留在Harrods逛逛吧！」

米雪兒立即避開這話題繼續說：「Alton，你帶我來過一次吳家餐廳，可以感受到你很喜歡這家餐廳，和服務人員又這麼熟稔，該不會是你們家族經營的美食餐廳吧!?」

「不是，我們家沒有經營餐飲業。」

「哎唷！你知道這不是一般普通的連鎖餐廳，這是一家低調卻擁有奢華與興味的美食文化創意餐廳啊！」

「好了，妳別瞎猜，嚐美食吧！」

吳振東為米雪兒點了她喜歡的羊排佐新鮮梅子膏，為自己點上智利鱈魚佐松子棉花糖，前菜則是魚子醬搭配輕烘烤六十秒的切片長棍麵包，鋪上數層削的薄如紙片的黃瓜，吳振東再為米雪兒塗上她喜歡的魚子醬；另外還有一盤精緻的廣式點心拼盤。

「Alton，你這麼紳士教養，沒有女人不為你著迷的。」

「著迷是激情，不屬於我的門派，呵呵。」吳振東呵呵一笑。

「你不是一直對伊莉莎白很著迷嗎？」

「我對她不是著迷，而是她早已經活在我的生命裡。」

吳振東想到以前如此，現在有了Asa，更是密不可分，當他這樣想著，瞬間嘴角揚起一抹平和、幸福和滿足的笑容，那是米雪兒在吳振東臉龐上未曾見過的表情。

米雪兒一看便心生嫉妒地說：「可惜她已經是別人的妻子了！你生命裡的影子，應該成了魅影。」

「我不想要和不認識伊莉莎白的人討論她，這令我鄙視，也不再是朋友。」

「Alton，你不要動怒，我只是想……，如果我們兩人不可能彼此相對的給予和付出，那我願意是付出得更多，愛得更深的那一位，我想要你再愛我一次……。」

「獲得，並不一定比失去幸福。」他說。

面對曾經在一起一段時間的米雪兒，吳振東想著生命中如果未曾出現阿桂，自己是否會一直愛著米雪兒呢？米雪兒不論外型內在都很優秀，唯一希望是吳振東能發狠來愛她。

但是想起自己心深處的阿桂，妳從來從來不曾要求我好好的愛妳，卻在無形之間，把妳自己根植在我生命中不見底的最深處……。

98.

Asa 在週末與爹地、媽咪到孤兒院幫忙院方重新種植上千株玫瑰花，那是 Makoto 為伊莉莎白・阿桂認養的玫瑰花園，種植的都是阿桂喜歡的粉色系和像是滾了邊的舞后玫瑰花。

Makoto 對阿桂的愛平實又單純，他不求回饋，也不給壓力，輕鬆自在，這是阿桂對 Makoto 最為賞心之處，同時她也給予 Makoto 充份的尊重和自由空間，他們相愛相敬，相知相惜，生活中幾乎沒有負面的交集。

「媽咪，我和 Alton 叔叔聯絡過了，他最近還會來醫院複診，我告訴他可以陪他在附近玩玩，不知道你們有什麼好地方可以建議嗎？」

「Alton 叔叔不一定有空，他總是來去匆匆。」

「不，我認為 Asa 邀請他，他會很開心抽空和 Asa 在一起相處的。」

「對啊！他說他很高興我邀請他，抽空帶他玩玩，爹地你真了解。」

「嗯，我們都喜歡和年輕人相處，很開心盡興的啊！對了，阿桂，不如妳和他們兩人一起出遊吧!?」

「爹地一起那就更棒了！」

「我正好要到西部和夏威夷出差二星期，你們好好的盡地主之誼，記得多多分享有趣的事情給爹地。」

「好，我們一定和爹地分享。」

在吳振東毫無預測的驚喜中，阿桂出現在吳振東下榻的飯店大廳，她說：「Asa 車停在門口，我們快上車吧！」

吳振東再一次的以為自己走入夢境，一個一生中都不願意甦醒的夢境。

阿桂把駕駛座旁的前座讓給了吳振東，逕自的把自己拋在後座，說：「嘿嘿，我有比你們寬敞的位置可以做我的春秋大夢。」阿桂促狹地自言自語說著，聽的吳振東感到從未有的幸福感覺。

「謝謝你們抽空陪我出遊，我正期待時間能停在這個假期中的某一刻，永遠與你們歡樂在一起。」

「啊哈，叔叔是不是想要青春不老、時光不走？所以可以永遠保持現在的年輕!?」

「叔叔不擔心老去，我只是很想鎖住我們三個人的歡樂，然後把鑰匙故意弄丟，所以我們三人沒有人能夠離開屬於我們的幸福地盤。」

坐在後座假寐的阿桂，聽見了他們父子兩人的這一段對話，她的內心彷彿被揉碎，為了吳振東，她正想著是不是該鼓勵他們父子兩人彼此認定!?

Asa 沿著仙納度國家公園（Shenandoah National Park）的 Skyline Drive 前行，期間 Asa 停下車來，讓麋鹿一家三口從他們車子前面緩緩地經過。

這溫馨的畫面，令吳振東感到人間至味長相伴的動容。

「牠們好幸福！」他不禁讚嘆的說了一聲。

「這讓我想起小時候和爹地媽咪去健行的畫面。」

阿桂不語，她細算浮生，千萬般頭緒，一時間，竟不知如何接腔談起？

Asa 在藍嶺山脈（Blue Ridge Mountains）往北的路線繼續前進，這是一段絕佳的開車路徑，風景冷傲俊美，壯碩闊麗。

吳振東心疼 Asa 長時間開車太累，常常吩咐停車休息。

在落日餘暉中，Asa 的車停在「Mountain Abode」的大廳門口……。

99.

Asa在出發前訂了二個晚上有三間臥室和含有客廳廚房的度假屋，獨立座落在群山圍繞的低調奢華旅店，若不留神，很容易忽略經過；Asa也是費了一番功夫才尋找上的高級飯店，他們連接著幾棟提供更豪華獨立度假屋的選擇。

房間內從客廳延伸出去的露台，面向群峰疊起的樹林，靜謐的天然景色，此刻霧氣騰雲，空氣中瀰漫著纏綿的芬芳，真懷疑置身的是人間夢境……。

他們三人陶醉其中，吳振東滿意極了Asa的安排，他直呼：「此情此景只應天上有。」多麼多麼想讓時間停擺在此時此刻，吳振東感動的淚水，看的阿桂往前貼近，輕聲的說：「東，珍惜你的眼睛，像你珍愛我們一樣。」

吳振東摟住阿桂的側身，說：「我愛你們，用我一生的生命愛你們！」

「媽咪是女生，叔叔介意媽咪住在主臥室嗎？」

「當然不在乎，媽咪是我們的皇后啊！」

「Asa，叔叔是客人，主要臥房應該留給他，這才是待客之道啊！」

「你們猜拳好了，反正我住那一間最小的，因為我是小人。」
「你不是小人，你是小犬。」
「對的，我是小狗。」
三個人一齊開懷地大笑了，多少紅塵俗事，盡拋腦後。

稍事休息，晚餐在樓下已經預訂，三人享受餐桌上撩人味覺的美食，Asa 為 Alton 叔叔和自己預訂了溢滿霜降油花分佈的神戶牛排作為主餐，當三分熟的油花牛排入口瞬間，極佳的軟嫩口感，不只融化在舌尖，頃刻也酥軟了吳振東心扉，他心想是什麼樣的恩典，能讓他有福享受這麼奢侈的人間天倫之樂？Asa 為媽咪預訂的主餐則是智利鱈魚佐金黃柿子椒醬汁，先煎魚皮，再烘烤魚肉，外酥內嫩是阿桂喜歡的魚肉口感。這一道料理，讓她憶起小時候阿東伯常常把沒有賣完的漁獲煎的魚皮酥脆魚肉軟嫩的與她分享，對當時的阿桂而言，那是最奢侈的被疼愛的感覺……。

昏黃的燈光，柔和慵懶，像是罷了工的光陰，定格在這幸福時刻；晚餐三人盡興暢開懷，而時光彷彿是一條長河，雖緩慢，卻有一定的節奏，夜慢慢地沉靜下來，Asa 開了一整天的車，疲累不堪，道過晚安，逕自回房休息。

回到暮色已降黑的客廳，燈光微氳，阿桂和吳振東相對而坐，瞬間有一種靜謐迷離的溫馨情懷瀰漫，背景音樂是 Asa 為媽咪準備的蕭邦練習曲集，最為阿桂所喜愛。

「Asa 知道妳喜歡蕭邦!?」

「是，他從小也聽古典音樂。」

「Asa 真是一位優秀的年輕人，你們栽培他一定很辛苦。」

「東，你有打算如何與 Asa 相處嗎？我是說你想過與他確定關係嗎？」

「我沒有，他是你們夫妻的兒子，我不該有其它想法，但是如果可以，我請求讓他繼承屬於我的產業，還有……是否能讓我常常有機會見到他？我在不忙的時候，時刻想著他……。」

「第一個問題我無法代他回答；第二個問題，Makoto 和我都同意。」

「謝謝你們！不管發生什麼事，我們都是以保護 Asa 為前提。」

「那是一定的！」須臾了二分鐘，阿桂若有所思地輕聲繼續說道：「另外我要告訴你，Makoto 和我並沒有結婚。」

說到這兒的阿桂，起身走去露台，兩人持續地沉寂了幾分鐘，吳振東也移步站在阿桂的身旁。

100.

阿桂繼續說道：「Makoto 非常疼愛 Asa，Asa 是被他寵著長大的，我們三個人很幸福，但是 Makoto 和我沒有婚約。在 Asa 小的時候，我曾經想過，如果他提出結婚，我會接受。

後來當我從 Peter 那兒輾轉知道，我左眼重新散發的光芒，是由你的黑暗所換來，你用這樣的方式告訴了我，你未曾離開，未曾拋棄我，你知道這帶給我的意義是什麼嗎？我釋懷了對我親生父母的怨懟，是你和 Makoto 拯救了我生命中一直存在的不被愛的不堪⋯⋯。而我們的深愛會一直存在彼此內心最深處，我發現這就是生命的真相。」

吳振東摟緊阿桂，他沉默不語，小心翼翼地深怕打斷阿桂的談話。

「後來 Makoto 告訴我，他之所以一直沒有跟我提出結婚，是因為他認為如果有一天 Asa 的爸爸出現，這樣事情會比較單純一些。」

「Makoto 真的很了不起！」吳振東不禁道出自己的心聲。

「然而現在的我不會結婚，但是我也不會離開他！是他，在我最艱難的時刻，一直守護著我們母子，他很清楚我因為早產造成不容易再受孕，可他也不在乎，這情深義重，共歷秋風淒寒，讓我雖處在寒冬裡，也不會顛沛流離失所。所以，東，原諒我無法對你有任何承諾，請你⋯⋯請你忘記深愛你的我……。」

緘默片刻，吳振東緩緩地傾訴：「從妳和 Makoto 兩人的身上，我感受到你們相處之間細節裡的溫柔；對我而言，愛妳最好的方式，就是「念妳千萬遍，我不打擾」，我已經很習慣這樣的生活方式……。我知道要忘記妳很難，但我會去試試，小玫，所有的一切，「因為妳值得，我心甘情願」。你們三個人一定要幸福，我單槳輕舟，將一生遠觀祝福守護。」

阿桂和吳振東兩人有時沉默不語，有時細聲慢聊，也有深情擁吻……。

時光彷彿倒向的曲流，又回到他們唸書的時代，滿腔的青春愛戀和熱情，回憶想起，依舊怦然心動。

天空終於還是在暗夜裡慢慢甦醒，曙光在不經意中，由第一道的滲透，逐漸形成金黃光芒，此時一夜無眠的兩人，略顯倦意，阿桂囑咐吳振東好好休息眼睛，兩人才從客廳進入各自的房間歇息。

本來應該是甜蜜的一家三口，卻因造化弄人，形成今天美夢難圓的局面。

這兩夜三天他們相處在一起，彼此充份享受心靈上的滋養，吳振東對他們母子的愛戀和疼愛，盡顯眼簾！他把所感受到的幸福，悉數珍藏，將成為自此別後，守著孤單歲月的幸福繚繞回憶。

他很滿意的告訴自己，原來孺慕情深的親情，是如此的可貴、幸福和滿足，一嘗究竟之後，若從此孤寒，也無憾。

短暫卻萬分甜蜜的假期結束，回程Asa和阿桂送吳振東來到機場；阿桂一路無語，偶爾傳來吳振東和Asa的對話，她面對眼前的親生父子兩人，想到身世浮沉，隱含多少感慨和悲哀?!而此情深處，卻盡是相思無處訴。

吳振東出境手續辦妥，三人情有依依，唯終須一別。

吳振東摯情擁抱著Asa，說：「在媽咪需要的時候，好好陪伴照顧媽咪，並請代叔叔問候爹地。」

「我會，謝謝叔叔，叔叔請你也要保重。」

轉過身，吳振東在阿桂耳畔輕柔地耳語：「小玫，謝謝妳的深愛，二十四年前妳已經進駐在我的生命中，從此走在紅塵，我並不孤單，這一生妳一定要幸福，來生我絕不放過妳。我的生命也因為妳和Asa，更趨滿足和圓滿。」

目送著吳振東往出境大廳漸行漸遠的身影，阿桂相思成灰，靜默非無淚，揉碎千萬片段的內心，找不到拼湊的起點，如此人生的悲歡離合，她幾乎無力承受。

101.

Asa 腦海裡閃過吳振東臨行前的暖心交待，在媽咪需要的時候，好好陪伴照顧媽咪。

母子兩人坐進車內，可是 Asa 並無意開車駛離停車場，他安靜的陪伴媽咪，良久良久之後，見媽咪逐漸地平靜下來，Asa 先開口：「媽咪，在倫敦的時候，Alton 叔叔他曾告訴我，「深愛是一個人的事」，這幾天的相處，我已經體會了他這句話的意義，他愛得好深刻！他還說，真心愛一個人是愛在生命裡，不論是否生活在一起。」

「他還告訴了你什麼？」阿桂還是禁不住好奇的想了解。

「他沒有再說什麼，他並沒有告訴我你們曾經談過戀愛，是我自己猜到的。而且我也猜到是叔叔捐出眼角膜給妳的。」

看來吳振東真的非常保護阿桂母子，此時的阿桂多想告訴兒子，他是你的親生爸爸啊！阿桂忍住了即將脫口而出的話，代替的是一句：「我們回家吧！」

車子於是揚塵而去，開往他們幸福甜蜜的家。行車中，Asa 說了一句：「媽咪，如果妳願意說，我很想知道你們當初分手的原因？」

「Alton 叔叔和媽咪曾在唸書的時候相愛，但是這一頁美麗的章節已經翻篇。我愛你，愛爹地，愛我們的家，這是不會改變的事實。叔叔和我都不是守不住的人。」

「媽咪，我愛妳，更是尊重妳，我真心希望妳獲得真正的快樂，如果你們真心想要在一起，不需要考慮我的想法，我想爹地他也是可以理解妳的，他也這麼愛你。」

阿桂想著她生命中的三位男人，包括兒子在內都是這麼溫柔體貼，為她立場著想，全心愛她，她覺得人生已圓滿。

生命中曾經的不堪，已經立下和解；曾經的愛戀，現在的幸福，這些更令她知止，知足，知常，她的人生，真正無憾。

一星期之後，阿桂一家三口也出現在華盛頓杜勒斯國際機場內（Washington Dulles International Airport），Makoto 陪著 Asa 即將飛往日本參加辯論比賽；阿桂則飛台灣繼續她的 956 咖啡客棧的職業生涯。

相差半小時起飛時間的二班航班，飛往日本的飛機承載著 Makoto 對阿桂和 Asa 細膩的愛，以及豪邁青春的 Asa 對人生揮灑夢想的無限憧憬。

另外伊莉莎白・阿桂在她的飛機即將起飛的那一刻，她想起高中畢業的那一年暑假，她帶著阿東伯送給她的紅包，一個人搭火車離開家，奔向那不可知的未來，此刻彷彿當時的心情複製重現，一樣不知橫亙在她眼前的人生將如何變化？唯一和當時不同的是，此刻的她，已經擁有了吳振東、Makoto 和 Asa 三個人的真愛。

阿桂疲倦至極，飛機上萌生睡意，在迷迷糊糊與沉睡之間，她彷彿聽見他們三人持續地在她耳畔呢喃耳語……

Makoto：「我愛妳，妳隨意。」

吳振東：「因為妳值得，我心甘情願。」

Asa：「媽咪，我愛妳，更是尊重妳，我真心希望妳獲得真正的快樂……。」

隱約中恰似聽見吳振東再次柔情說：

「深愛，是一個人的事……，念妳千萬遍，我不打擾……。」

未幾飛機正式起飛，衝向雲層直入雲霄，馳騁於天際雲霧之間。

** ** ** **

而八年後，Asa 又將會以如何的角色再次出現在吳振東的生命裡呢？

國家圖書館出版品預行編目

伊莉莎白.阿桂的956咖啡客棧 / 張小莓著. -- 臺
北市 : 致出版, 2023.06
面 ; 公分
ISBN 978-986-5573-62-1(平裝)

863.57 112008806

伊莉莎白・阿桂的
956咖啡客棧

作　　者／張小莓
出版策劃／致出版
製作銷售／秀威資訊科技股份有限公司
114 台北市內湖區瑞光路76巷69號2樓
電話：+886-2-2796-3638
傳真：+886-2-2796-1377
網路訂購／秀威書店：https://store.showwe.tw
博客來網路書店：https://www.books.com.tw
三民網路書店：https://www.m.sanmin.com.tw
讀冊生活：https://www.taaze.tw

出版日期／2023年6月　　**定價**／350元
【作者會將版稅所得10%捐予財團法人台中市私立肯納自閉症社會福利基金會】

致 出 版　　**向出版者致敬**

版權所有・翻印必究　All Rights Reserved
Printed in Taiwan